Berta Schmidt-Eller, Rätsel in Haus Hohenforst

BERTA SCHMIDT-ELLER

Rätsel in Haus Hohenforst

CHRISTLICHES VERLAGSHAUS GMBH
STUTTGART

Bücher mit diesem Zeichen
wollen aktuell und biblisch Christus bezeugen.

ABCteam-Bücher erscheinen in folgenden Verlagen:

Aussaat- und Schriftenmissions-Verlag Neukirchen
R. Brockhaus Verlag Wuppertal
Brunnen Verlag Gießen (und Brunnquell Verlag)
Christliche Verlagsanstalt Konstanz
(und Friedrich Bahn Verlag / Sonnenweg-Verlag)
Christliches Verlagshaus Stuttgart
(und Evangelischer Missionsverlag)
Oncken Verlag Wuppertal

4. Auflage 1989

Umschlagfoto: Reinhard Brändle, Rundfunkmission
Gesamtherstellung: Druckhaus West GmbH, Stuttgart
ISBN 3-7675-3094-5

Haus Hohenforst, das modernste Altenheim der Stadt, lag am Stadtrand, umgeben von alten Bäumen. Nur zur Straße hin hatte man den Wald bis auf eine Rotbuche mit weit ausladenden Ästen gerodet.

Die Zimmer an der Straßenseite des Hauses hatten Balkon und boten einen schönen Ausblick auf das ovale Blumenbeet inmitten der großen Rasenfläche, die das Haus von der Straße trennte.

Als der Bau des Altenheims geplant wurde, hatten einige Stadtväter gemeint, die Lage so weit draußen vor der Stadt sei nicht günstig. Die alten Menschen seien dann schon durch die weite Anfahrt zur Stadt isoliert. Andere vertraten die Ansicht, so nahe am Wald sei die Luft gesünder als in den engen Straßen der Stadt. Außerdem sei man nicht dem Straßenlärm ausgesetzt. Wer noch gehen könne, habe für Spaziergänge den Wald vor sich. Wenn man die Buslinie nur um zwei Haltestellen weiterführte, sei auch die Stadt leicht erreichbar.

Baron von Krüger hatte der Stadt das Gelände für einen Apfel und ein Ei – wie man zu sagen pflegt – überlassen. Darüber konnte man sich nur freuen, zumal Baugelände schwer zu bekommen war. Außerdem gab es in der Stadt keine Möglichkeit, einen so großen Gebäudekomplex zu errichten. Also wurde der Bau doch erstellt.

Das Haus sah mit seinen blumengeschmückten Balkonen sehr freundlich und einladend aus. Wer im Wagen vorüberfuhr oder auf einem Spaziergang davor stehenblieb, um es zu betrachten, dachte wohl, daß es sich darin gut leben ließ.

Bei der großen Nachfrage nach einem Platz im Altenheim war es kein Problem, das Haus zu belegen. Schwierigkeiten machte es nur, geeignetes Personal zu bekommen. Hilfskräfte für den Dienst an älteren Menschen waren ohnehin nicht leicht zu finden, wobei die Lage am Stadtrand ein weiteres Hindernis war.

Frau Klarus, die Heimleiterin, machte aus der Situation das Beste.

Wieder einmal benutzte sie ihre Mittagspause, um dringende Arbeiten am Schreibtisch zu erledigen.

Das Telefon klingelte. Fast gleichzeitig wurde nach kurzem Anklopfen die Tür geöffnet.

„Einen Augenblick bitte", sagte sie. Das galt der Frau, die soeben eintrat, ebenso wie dem Gesprächspartner am Telefon. Frau Klarus bedeutete der Frau mit einer Handbewegung, sie möge draußen warten und wandte sich dem Telefon zu.

Frau Dürschke, eine Heiminsassin, zog sich zwar zurück, ließ aber die Tür einen kleinen Spalt offen.

So hörte sie, was die Heimleiterin am Telefon sagte.

„Ich bin selbst am Apparat, Herr Baron . . ."

Pause. Jetzt sprach wohl dieser Baron am anderen Ende der Leitung, dachte Frau Dürschke.

Dann wieder Frau Klarus: „Ja, wie ich Ihnen schrieb, steht das Zimmer zur Verfügung."

Pause.

„Sobald Sie die Tapete vorbeischicken, kann unser Handwerker mit der Renovierung beginnen . . ."

„Jaja, es ist das Zimmer im ersten Stock, das von vornherein für die Dame bestimmt war."

Wieder Pause.

„Es ist bestimmt groß genug, wir haben es bisher als Zweibettzimmer benutzt."

Was wohl hatte der Baron auszusetzen?

„Gewiß, darauf können Sie sich verlassen, Herr Baron . . ."

„Das ist mir recht. Ich denke, Sie sehen es sich an, wenn es neu hergerichtet ist."

Wieder sprach der Baron.

„Gut, ich erwarte Ihren Anruf."

Das Gespräch ging zu Ende.

„Danke, auf Wiederhören, Herr Baron!"

Klick – der Hörer wurde aufgelegt.

Einen Augenblick verharrte Frau Dürschke noch vor der Tür. Eine Baronin? Sollte sie etwa das schöne große Zimmer für sich allein bekommen, das bisher sie zusammen mit Frau Schmitz bewohnt hat? Sie klopfte erneut an und trat ein.

„Was haben Sie auf dem Herzen, Frau Dürschke?" fragte die Leiterin, die mit ihren Gedanken noch bei dem soeben geführten Gespräch war.

Frau Dürschke trat an den Schreibtisch und nahm auf dem bereitstehenden Stuhl Platz.

„Jetzt, wo Frau Schmitz unter der Erde ist, kann ich wohl danach fragen. Man weiß ja, was sich gehört und wartet solange. Nun möchte ich aber gern wissen, wen ich ins Zimmer kriege. Sie wissen ja, wie es mit Frau Schmitz war. Immer hatte sie an mir etwas auszusetzen. Eigentlich hätte sie auf die Pflegestation gehört, aber da war angeblich kein Platz. Ich will nichts weiter über die Tote sagen, aber das können Sie mir glauben, einfach war es mit Frau Schmitz nicht. Vielleicht kann ich ein Wort mitreden, wenn es darum geht, wer in mein Zimmer kommt."

„Nun lassen Sie mich erst mal zu Wort kommen. Jetzt ist die beste Gelegenheit, Ihnen ein Einzelzimmer zu geben. Sie haben mich so oft darum gebeten –"

„Es war ja nie eins frei. Wieso jetzt auf einmal?" unterbrach sie Frau Dürschke.

„Ich habe mir überlegt, wie Ihnen zu helfen ist. Das Gästezimmer im zweiten Stock wird so selten gebraucht, das kann ich Ihnen geben, Frau Dürschke."

„Das kleine Zimmer? Das ist doch – ich meine . . ."

„Ich meine, es ist groß genug. Sie haben nur eine Bettcouch, den Schrank und das Vertikow. Die lassen sich in dem Zimmer leicht unterbringen."

Frau Dürschke, der das Telefongespräch noch im Ohr lag, schluckte heftig und sagte: „Das Zimmer hat nicht mal einen Balkon."

„Frau Dürschke, wie oft haben Sie gesagt, Ihnen

würde die Abstellkammer genügen, wenn Sie nur allein wohnen könnten. Natürlich habe ich das nicht wörtlich genommen. Sie müssen aber zugeben, daß das Gästezimmer für Ihre Möbel ausreicht. Ich werde Ihnen sogar noch ein Tischchen und einen Sessel ans Fenster stellen, dann wird es ganz gemütlich."

„Die Umräumerei können Sie mir aber nicht zumuten."

„Wenn Sie in ein Einzelzimmer übersiedeln, müssen Sie umräumen, doch brauchen Sie sich darum keine Sorgen zu machen. Unser Hausmeister nimmt Ihren Schrank auseinander und stellt ihn an Ort und Stelle wieder auf. Es ist doch klar, daß Sie sich nicht um den Transport der Möbel zu kümmern brauchen. Maya und Susanne gehen Ihnen beim Aus- und Einräumen zur Hand –"

„Die Schwarze? Die rührt meine Sachen nicht an!"

„Maya ist keine Schwarze, sondern eine Indonesierin – und selbst wenn sie eine Schwarze wäre. Maya ist ein liebes, tüchtiges Mädchen. Sie bedient bei Tisch, und niemand hat etwas dagegen. Wir sind froh, Sie zu haben. Sie wird mit Ihren Sachen so fürsorglich umgehen wie mit einem neugeborenen Kind."

„Naja, ich weiß Bescheid! Unsereiner, der auf Sozialhilfe angewiesen ist, muß nehmen, was er kriegt, und kann sich nicht aussuchen, was er gern haben möchte."

„Ich verstehe Sie nicht, Frau Dürschke. Ich komme Ihnen entgegen und gebe Ihnen ein Einzelzimmer, und nun ist es Ihnen auch nicht recht."

Das Telefon unterbrach das Gespräch.

Frau Dürschke warf den Kopf in den Nacken. Mit heruntergezogenen Mundwinkeln gab sie ohne Worte zu verstehen, daß sie durchaus nicht zufrieden war, und verließ das Zimmer.

„Eine Baronin, die hat uns gerade noch gefehlt“, nuschelte sie vor sich hin und ging zum Salon am Ende des Korridors. „Eine Baronin bekommt also das schöne Zimmer im ersten Stock. Das muß ich Meta erzählen“, sagte sie halblaut zu sich selbst.

Sie fand Meta Hellwich auf der Terrasse, zu der man durch den Salon gelangte. Meta hatte die Augen geschlossen und ließ sich die Sonne ins Gesicht scheinen.

„Wie kannst du dich nur so in die Sonne setzen! Du bekommst noch mal 'nen Sonnenstich“, sagte Frau Dürschke zu ihrer Freundin.

„Reg' dir nich' uff, Tinchen“, antwortete Meta, ohne die Augen zu öffnen. „Setz dich her! Die Sonne sticht um diese Zeit nicht mehr.“

Ohne auf Metas Bemerkung einzugehen, aber auch ohne Furcht vor einem Sonnenstich, rückte Tinchen Dürschke sich einen Stuhl neben die Freundin.

„Stell dir vor“, sagte sie erregt, „wir kriegen eine Baronin ins Haus. Sie bekommt mein Zimmer, und ich muß ausziehen. Wahrscheinlich bin ich für eine Baronin nicht gut genug.“

„Ich möchte nur wissen, woher du immer alle Neuigkeiten beziehst. Was heißt ‚mein Zimmer‘ und ‚ausziehen‘? Man wird dich ja nicht auf die Straße setzen.“

„Ich soll das Gästezimmer im zweiten Stock bekommen, die kleine Hucke ohne Balkon. Die ist ja genug für unsereinen."

„Was willst du, Tinchen? Endlich hast du erreicht, was du immer haben wolltest: ein Zimmer für dich allein. Hast ja lange genug gejammert, daß du mit der Schmitzen zusammen wohnen mußtest."

Herr Vogel, wie gewöhnlich die Pfeife im Mund, trat zu den beiden.

„Darf man sich zu Ihnen setzen, meine Damen?" fragte er.

„Damen – daß ich nicht lache, Herr Vogel. Aber warten Sie nur ab, jetzt bekommen wir eine Dame ins Haus, eine Baronin, wahrscheinlich eine waschechte; denn sie bekommt Zimmer 14 für sich allein."

„Wirklich? Sie wissen aber auch immer das Allerneueste."

„Ich war eben bei Frau Klarus, weil ich wissen wollte, wer zu mir ins Zimmer kommt, da das zweite Bett frei geworden ist. Und was höre ich? Ich muß ausziehen, in den zweiten Stock. Sie hat gerade mit einem Baron telefoniert und gesagt, daß das Zimmer frei wäre. Es kann sich nur um mein Zimmer handeln. Dieses große Zimmer bekommt die Baronin für sich allein. Sie ist halt etwas Besonderes!"

„Was heißt das: etwas Besonderes? Eine Baronin ist ein Mensch wie jeder andere."

„Das sagen *Sie*! Eine Baronin scheint aber nicht ein Mensch wie jeder andere zu sein. Sie hätten eben das Gespräch der Klarus hören sollen. ‚Jawohl, Herr Baron!' – ‚Schicken Sie nur die Tapete, Herr Baron!' – ‚Kommen Sie doch mal vorbei, Herr Baron!' – ‚Ich erwarte Ihren Anruf, Herr Baron!' Hahaha! Wie sie sich anstellte! Von wegen, ein Mensch wie jeder andere!"

„Sie sehen das falsch, Frau Dürschke. Wir von der Justiz sind im Bilde. Graf und Baron, Prinzessin und Durchlaucht – vor diesen Götzen knien wir nicht mehr wie Anno dazumal. Das war zur Zeit des Kaiserreichs. Das haben wir uns abgewöhnt."

„Sagen Sie das nicht. Das war ein Getue am Telefon."

„Es ist das Geld, nichts anderes. Wahrscheinlich hat er davon sehr viel, und deshalb kann er sich das schönste und größte Zimmer leisten."

„Der Baron selber will es wohl gar nicht. Es war von einer ‚Sie' die Rede."

„Baron oder Baronin, das ist nicht wichtig. Entscheidend ist heutzutage das Geld. Verlassen Sie sich darauf, meine Liebe."

„Das glaube ich auch, Herr Inspektor", sagte Meta. Sie wußte, wie gern sich Herr Vogel, der pensionierte Justizinspektor, so anreden ließ. Sie stand auf.

„Sobald die Sonne weggeht, wird es kühl", sagte sie und ging ins Haus. Tinchen Dürschke folgte ihr.

Am andern Tag wußten es alle im Haus. Es war Gesprächsthema Nummer eins: Eine Baronin würde einziehen, und sie bekam im ersten Stock Zimmer vierzehn, das schönste und größte Zimmer im Haus mit dem breiten Balkon. Sie erhielt es für sich allein.

„Das dürfte es nicht geben", ereiferte sich Frau Platzer, mit ihren nahezu achtzig Jahren eine der vitalsten Frauen im Haus. „Nur weil sie eine Baronin ist, hat sie den Vorzug. Mich kann et ja ejal sin." Im Eifer verfiel sie kurz in ihren gewöhnlichen Jargon. „Ich habe mein Zimmer für mich."

„Ja, Sie können sich das leisten", murrte Frau Dürschke, „aber unsereiner, für den die öffentliche Hand einspringt, muß sehen, wo er bleibt. Er kann sich nicht aussuchen, wo er wohnen möchte. Unsereiner wird in irgendeine Kammer gesteckt und gar nicht erst gefragt, ob es ihm paßt oder nicht."

„Nun sei'n Sie mal stille, Sie mit ihrer öffentlichen Hand!"

„Das hat mir die Schmitzen alle Tage aufs Butterbrot geschmiert, wenn ich nur eine Silbe von einem Einzelzimmer gesagt habe. Sie wollte immer etwas Besseres sein und hatte solche Ausdrücke, die man erst erklärt bekommen mußte. Dabei war sie selber auf die öffentliche Hand angewiesen, wie sie das Sozialamt nannte."

„Reg' dir nicht uff, Tinchen", beschwichtigte Meta die Freundin. „Du kriegst ja jetzt deinen Willen. Wie du nur so scharf auf ein Zimmer für dich allein sein kannst. Ich bin viel lieber mit jemand zusammen."

„Ja, du mit deiner Frau Rothe, die die halbe Zeit bei ihren Kindern ist. Du kannst nicht mitreden. Frau Platzer hat recht: Es ist eine Ungerechtigkeit! Einer müßte wie der andre behandelt werden, egal, woher das Geld kommt, von einem Baron oder vom Sozialamt. Die hier kriegen ihr Geld auf alle Fälle."

„Natürlich müssen sie ihr Geld kriegen, Frau Dürschke", schaltete sich nun Herr Vogel wieder ein. „Wovon soll ein Haus wie dieses bestehen, wenn es nicht die nötigen Mittel bekommt? Ohne Geld könnten Sie auch Ihren eigenen Haushalt nicht führen. Die sozialen Einrichtungen kosten den Staat eine Menge Geld. Deshalb ist man froh, wenn einer selbst zahlen kann. Wer gut bezahlt, wird auch gut bedient. Das ist nun mal so in unserer Welt."

„Da hört man den Beamten sprechen", sagte Herr Korn, der mit seiner Frau am Nebentisch Halma spielte.

„Womit bezahlt denn der Vater Staat alles? Mit den Steuergeldern. Wenn wir auf unsere alten Tage auch keine mehr zahlen, so habe ich doch lange genug und nicht zu knapp Steuern einbehalten bekommen. Ne, ne, Inspektor, tu nur nicht so, als ob der Staat wegen der sozialen Einrichtungen Pleite machen müßte."

„Was meint er mit sozialen Einrichtungen?" fragte Frau Dürschke leise ihre Freundin Meta.

„Weiß ich nicht so genau. Ist ja egal."

Tinchen Dürschke wandte sich wieder dem Inspektor zu: „Jedenfalls ist es ungerecht, wenn eine für sich allein das größte Zimmer bekommt, und andere müssen sich zu zweit oder zu dritt in einem Zimmer einrichten."

„Zu dritt? Das stimmt wohl nicht."

„Jawohl, auf der Pflegestation liegen in manchem Zimmer drei!"

„Pflegestation, ja, das ist etwas anderes. Für die ist das ganz angenehm. Da haben sie wenigstens etwas Gesellschaft. Na, ich gehe mein Pfeifchen rauchen", schloß er und verzog sich. Im Salon durfte nicht geraucht werden. Für Herrn Vogel war das ein guter Vorwand, um Frau Dürschkes Redeschwall entgehen zu können.

Auch Fräulein Ehlert zog sich zurück. Sie beteiligte sich nie an solchen Streitgesprächen. Auf der Kastanienallee, die von der Terrasse in den Park überging, traf sie Frau Quandt.

„Hat Ihnen Frau Loeber mal frei gegeben“, fragte Fräulein Ehlert die kleine, bescheidene Frau Quandt und fuhr fort, ohne eine Antwort abzuwarten: „Frau Dürschke hat mal wieder einen triftigen Grund zum Meckern. Sie ist wohl von Natur aus unzufrieden und macht damit sich und anderen das Leben schwer.“

Die beiden Frauen gingen den kiesbestreuten Weg entlang, auf dem die reifen Früchte der Kastanien neben den stacheligen Hüllen lagen. Frau Quandt bückte sich danach und sagte, fast entschuldigend: „Der Kleine von meinem Enkel hat solchen Spaß an den braunen Dingern, ich hebe sie deshalb immer auf.“

„Sie haben wenigstens noch jemand – ich – aber wozu klagen! Man muß immer an die denken, denen es schlechter geht.“

„Ja, man muß zufrieden sein.“

Fräulein Ehlert war die einzige im Heim, die sich mit der stillen, scheuen Frau Quandt befaßte, und sie tat es mehr aus egoistischen Gründen. Frau Quandt widersprach nie. Ihre Meinung, die sie nur äußerte, wenn sie mit Fräulein Ehlerts Ansicht übereinstimmte, klang meist aus in der Bemerkung: „Man muß zufrieden sein.“

Jetzt ging sie schweigend neben Fräulein Ehlert

her, die ihren Unmut über Frau Dürschke abreagierte.

„Erst hat sie gemeckert, weil sie kein Einzelzimmer hatte. Jetzt ist sie neidisch auf die Baronin, obwohl noch niemand weiß, ob das mit der Baronin überhaupt stimmt. Frau Dürschke hört es manchmal läuten und weiß nicht, wo die Glocken hängen. Da lobe ich mir Ihre Zufriedenheit, Frau Quandt. Von Ihnen hört man nie eine Klage. Wir können doch froh sein, daß man heute für uns alte alleinstehende Leute Heime baut. Früher war das anders. Da lebten die alten Eltern bei ihren Kindern. Aber heute!"

„Ich glaube, sie haben heute für uns keinen Platz in der Wohnung."

„Keinen Platz? Frau Dürschke hat drei Töchter. Wie gibt sie mit ihren Schwiegersöhnen an, die in eleganten Wagen angebraust kommen, wenn sie sich mit ihren Frauen mal sehen lassen. Sie erzählt doch oft genug von den schönen Häusern ihrer Töchter. Kein Platz? Nein, Frau Quandt, das ist es nicht! Ich allerdings möchte Frau Dürschke auch nicht bei mir wohnen haben."

„Ich dachte an meinen Enkelsohn. Die jungen Leute haben wirklich keinen Platz. Außer der Küche haben sie nur das Schlaf- und Wohnzimmer. Sie suchen eine größere Wohnung, weil das zweite Kind unterwegs ist."

„Wäre es nicht schön für Sie, bei den jungen Leuten zu wohnen? Auch für Ihre Schwiegertochter müßte es angenehm sein. Sie sind ein stiller Mensch und würden gewiß nicht stören, sondern der jungen

Frau helfen – allein schon durch das Achtgeben auf die Kinder. Ich stelle mir das ideal vor."

„Ich nehme es, wie es kommt, Fräulein Ehlert. Ich glaube, man muß die jungen Leute für sich allein lassen. Sie kommen auch ohne mich zurecht. Wenn es mal soweit ist, daß man gar nicht mehr kann, weiß man wenigstens, wo man bleibt. Auf unserer Pflegestation liegen manche jahrelang. Soll ich das meiner Enkelin zumuten?"

„Wenn Sie daran schon jetzt denken ..."

„Man muß daran denken."

„Nun ja, die Frau eines Enkels ist keine Tochter. Ich weiß jedoch aus eigener Erfahrung, daß jung und alt sehr gut miteinander auskommen können. Ich habe neben meiner Berufstätigkeit meine Mutter versorgt. Ich tat es gerne und wäre froh, wenn ich meine Mutter noch hätte. Zuletzt, als es nicht mehr anders ging, habe ich stundenweise eine Hauspflegerin kommen lassen und alles aus eigener Tasche bezahlt. Im Falle Dürschke zahlt das Sozialamt, denn Schwiegersöhne brauchen für die Schwiegermutter nicht aufzukommen. Daran halten sich wahrscheinlich Frau Dürschkes Töchter. Ob das richtig ist? Was meinen Sie dazu, Frau Quandt?"

„Ich meine, man müßte auch die Schwiegersöhne zur Zahlung heranziehen, wenn sie so gut verdienen, daß sie sich alles leisten können."

„Gut verdienen – das ist ein dehnbarer Begriff. Frau Dürschke redet immer von Ungerechtigkeit. Wo fängt sie beim Eintreten für einen alten Verwandten an, wo hört sie auf? Wer mehr hat, kann sich mehr leisten; wer mehr arbeitet, verdient mehr.

Aber selbst das stimmt nicht immer. Wenn man hat, was man braucht, soll man sich nicht aufregen, wenn ein anderer mehr hat. Hauptsache ist, man weiß sich einzurichten."

„Ja, man muß zufrieden sein."

Sie war gekommen, als alle beim Mittagessen im großen Saal saßen. Daher hatte sie niemand kommen sehen, und doch wußten es bald alle im Haus: Die Baronin ist da!

Frau Platzer verkündete am nächsten Morgen: „Die Baronin bekommt das Frühstück auf ihr Zimmer gebracht. Sie scheint also doch etwas Besseres zu sein als wir!"

„Frühstück aufs Zimmer?" hakte sogleich Frau Dürschke ein. „Ja, gibt's denn so was?"

„Reg' dir nich uff, Tinchen", wandte sich Meta mit ihrer üblichen Vorrede an ihre Freundin, „vielleicht ist sie ein Pflegefall und kann nicht herunterkommen."

„Pflegefälle gehören in die sogenannten ‚stillen Zimmer' und nicht in das schönste Zimmer des Hauses. Ich sage dir, sie will was Besseres sein als wir gewöhnlichen Leute. Da hat Frau Platzer ganz recht."

„Gewöhnliche Leute? Ich muß doch sehr bitten, Frau Dürschke", entrüstete sich Herr Vogel, der hinter Meta Hellwich und Tinchen Dürschke den Eßsaal betrat. „Vielleicht hat die Dame Schnupfen und muß deswegen im Bett bleiben", fügte er spöttisch hinzu.

Fräulein Ehlert, die mit Frau Heim und Frau Hensel an einem Tisch gleich neben dem Eingang im Eßsaal saß, sagte kopfschüttelnd zu den beiden

Frauen: „Es ist schrecklich! Niemand weiß etwas Näheres über die neue Dame, und schon wird über sie gelästert. Man sollte wenigstens abwarten, bis man sie kennengelernt hat. Es wird sicher einen Grund haben, daß uns Frau Klarus vorige Woche gebeten hat, bei den Mahlzeiten hier vorne am Tisch zu sitzen, wo noch ein Platz frei ist. Ich vermute ...", achselzuckend sah sie von einer zur anderen.

„Es wird sich schon herausstellen, warum die Baronin nicht zum Frühstück herunterkommt", meinte Frau Heim.

Man war allgemein auf den neuen Gast gespannt. So war es immer, wenn ein „Neuer" oder eine „Neue" kam. Man sah darin eine Unterbrechung im gleichförmigen Ablauf der Tage. Und ob man es wahrhaben wollte oder nicht, eine Baronin erregte besonderes Interesse.

Warum ging sie in ein Altenheim? Warum bekam sie das schönste Zimmer? War sie eingebildet und stolz? Würde sie immer allein in ihrem Zimmer essen? Wie alt mochte sie sein?

Herr Vogel sagte zu all diesen Fragen, die offen oder verstohlen laut wurden, man solle ihr nur nicht zuviel Ehre antun. Er bleibe bei seinem Standpunkt, daß sie ein Mensch wie jeder andre sei.

Am Mittag hatten bereits alle Platz genommen, da fiel den drei Frauen am Tisch nahe der Tür sofort etwas auf.

„Nanu", sagte Fräulein Ehlert, „unser Tisch ist ausgezogen!"

„Und ein viertes Besteck ist aufgelegt", ergänzte Frau Heim.

„Vielleicht kriegen wir die Baronin an unsern Tisch", meinte Frau Hensel.

Da rollte auch schon ein Krankenfahrstuhl herein. Frau Klarus dirigierte ihn an den ausgezogenen Tisch. Ehe sich jemand von der Überraschung erholt hatte, stellte Frau Klarus vor: „Ich möchte Sie zunächst mit Ihren Tischgenossen bekannt machen, Frau Donath: Frau Hensel, Frau Heim, Fräulein Ehlert."

Zum Saal hin sagte die Heimleiterin: „Wie Sie sehen, haben wir eine neue Hausgenossin, Frau Donath. Ich hoffe, Sie bekommen miteinander guten Kontakt. Ich wünsche allerseits guten Appetit!"

Maya, Susanne und zwei Altenpflegerinnen kamen schon mit den Schüsseln, und die Gespräche, die beim Erscheinen der Frau im Rollstuhl verstummt waren, lebten wieder auf.

Heute gab es viel Getuschel, doch die neue Hausgenossin merkte nichts davon.

Die Frauen an ihrem Tisch bemühten sich, ihr behilflich zu sein.

„Sie sind sehr freundlich", sagte Frau Donath. „Nehmen Sie aber bitte keinerlei Rücksicht auf mich. Ich möchte so viel wie möglich selber tun, sonst werden meine übrigen Glieder auch noch steif."

Sie griff nicht nach der Schüssel, die ihr gereicht wurde, sondern fragte: „Wird hier kein gemeinsames Tischgebet gesprochen?"

„Nein, das kann jeder halten, wie er will."

Frau Donath faltete die Hände und senkte den Kopf. Unterdessen bedienten sich die drei Frauen schweigend, ohne einander anzusehen. Als die Frau im Rollstuhl den Kopf hob und die Schüssel nahm, die man ihr reichte, verflog vor ihrem offenen Blick alle Befangenheit.

„Nun ist unsere Tischrunde wieder komplett", sagte Fräulein Ehlert. „Wir freuen uns, Sie an unserm Tisch zu haben, Frau Baronin!"

„Wie bitte? Ich heiße Gwendolin Donath. Wie kommen Sie auf Baronin?"

„Seit vierzehn Tagen heißt es hier im Haus, in Zimmer vierzehn zieht eine Baronin ein."

Frau Donath lachte. Das wirkte auf alle erheiternd. Man beobachtete es an den Nebentischen und machte dazu verstohlene Bemerkungen.

„Da drüben geht es ja lustig zu!"

„Sie scheint schon Hahn im Korb zu sein."

„Sie macht einen freundlichen Eindruck."

„Bei so einem Leiden – und dann auch noch lachen können!"

Frau Donath erklärte inzwischen ihren Tischgenossinnen: „Das ist ein Irrtum. Ich bin keine Baronin. Hat Frau Klarus vielleicht gesagt, Baron von Krüger habe das Zimmer gemietet? Wenn es so ist, dann hat man daraus geschlossen, daß eine Baronin in das Zimmer einzieht."

„Frau Klarus wohl kaum. Sie redet darüber nicht. Hier im Haus wird schnell etwas zusammengereimt", erklärte Fräulein Ehlert.

Eine Weile widmeten sich die vier schweigend den Königsberger Klopsen.

Frau Heim, bemüht, das Gespräch wieder in Gang zu bringen, sagte: „Gwendolin ist ein seltener Name. Aus welcher Gegend stammen Sie?"

„Ich bin in Siebenbürgen geboren, kenne das Land aber nicht. Meine Eltern sind bald nach meiner Geburt nach Deutschland gezogen. Als ich heiratete, kam mein Mann als Gärtner zu Baron von Krüger. So bin ich aus dem Osten über Mitteldeutschland nach dem Westen gekommen. Damals, vor dem Ersten und Zweiten Weltkrieg, hatten diese Begriffe allerdings nicht die Bedeutung, die sie heute haben, wie Sie wissen."

Verstohlen musterte bald die eine, bald die andere der drei Frauen die Neue. Sie saß aufrecht am Tisch, der offensichtlich nur deshalb ausgezogen worden war, damit sich der Krankenfahrstuhl nahe genug heranschieben ließ. Frau Donath trug ein schlichtes, dunkelblaues Kleid. Ein weißer Kragen zierte den Halsausschnitt und ebensolche Manschetten die Ärmel. Sie trug keinen Schmuck, nur am Ringfinger der rechten Hand glänzten die doppelten Eheringe, wie Witwen sie zu tragen pflegen. Ihr schlohweißes Haar war sorgfältig frisiert und lag in einer natürlichen Welle um den Kopf. Sie wirkte außerordentlich gepflegt.

Wieder stockte das Gespräch und beschränkte sich auf die höflichen Fragen und Aussagen: Wünscht noch jemand Salat? – Kartoffeln sollen ältere Menschen nicht zuviel essen. – Hier wird gut gekocht. – Reichlich und gut! – Nachtisch gibt es auch.

Als der Nachtisch gereicht wurde, trat Frau Klarus noch einmal an den Tisch.

„Ich hoffe, es hat Ihnen geschmeckt, Frau Donath. Fräulein Ehlert, würden Sie Frau Donath nach der Mittagsruhe die Gemeinschaftsräume zeigen? Ich bin heute nachmittag leider verhindert. Wenn Sie allerdings von mir herumgeführt werden möchten, Frau Donath, müssen Sie sich bis morgen gedulden."

„Wenn Fräulein – wie war doch der Name? Ich vergesse so leicht."

„Ehlert. Mir geht es nicht anders, Frau Donath. Wenn Sie unsere Namen ein paar Mal gehört haben, vergessen Sie sie wohl nicht wieder."

„Schön, verabreden Sie also mit Fräulein Ehlert, wann Sie bereit sind. Ich wünsche Ihnen einen schönen Nachmittag."

Gegen drei Uhr klopfte Fräulein Ehlert an der Zimmertür von Frau Donath.

„Herein", tönte es von drinnen, und dann stand Fräulein Ehlert einen Augenblick verdutzt im Türrahmen.

Es war wirklich das schönste Zimmer im Haus, und jetzt, neu eingerichtet, noch viel schöner. Sparsam, aber sehr geschmackvoll standen einige Möbel im Raum. Die Eckvitrine fiel zuerst ins Auge. Im obersten Fach funkelten geschliffene Gläser. Darunter war recht dekorativ schönes Porzellan eingeordnet. Im untersten Fach standen ein paar schöne Vasen verschiedener Größen.

Frau Donath, die in ihrem Rollstuhl geruht hatte, richtete sich auf und brachte mit einem Hebeldruck die Rückenlehne in Sitzstellung.

„Kommen Sie herein, Fräulein Ehlert, und nehmen Sie Platz!"

„Wollen wir gleich hinuntergehen zum Kaffeetrinken, oder soll ich Ihnen ein Kännchen und das Gebäck heraufholen?"

„Ich koche uns hier eine Tasse Tee."

„Sie wollen hier ...?"

„Ja, ich finde es gemütlicher und bilde mir ein, mein Tee ist besser. Natürlich will ich damit nicht sagen, er ist hier nicht gut. Ich habe auch eine Kleinigkeit zum Knabbern da."

Frau Donath rollte mit ihrem Wagen geschwind im Zimmer hin und her.

„Kann ich Ihnen nicht helfen?"

„Danke, Fräulein Ehlert, ich komme gut zurecht."

Frau Donath hatte den breiten Vorhang ein wenig zur Seite geschoben, hinter dem die Waschgelegenheit und ein Wandschränkchen waren. Wahrscheinlich verbarg er auch das Bett. Sie füllte den elektrischen Wassertopf mit heißem Wasser aus der Leitung und fragte: „Was soll es sein, Kaffee oder Tee?"

„Ich richte mich ganz nach Ihnen, Frau Donath", erwiderte Fräulein Ehlert.

„Nein, nein, ich richte mich nach meinem Gast. Tun Sie das nicht auch?"

„Gewiß, dann also bitte Tee."

Während Frau Donath hantierte, sah sich Fräulein Ehlert im Zimmer um. An der Längswand stand ein Bücherschrank, am Fenster ein Damenschreibtisch, auf dem Schreibzeug und ein paar Bücher lagen. Zwischen dem Fenster und der Balkontür hatte ein Nähtisch seinen Platz gefunden, und vor dem großen Vorhang neben der Eingangstür war der Kleiderschrank. Alles paßte zueinander, auch der kleine runde Tisch, auf dem Gwendolin Donath eine kostbare Decke ausbreitete und das Teegeschirr ordnete. Zwei Sessel und zwei Stühle machten die Einrichtung komplett.

Frau Donath sah den Blick ihres Gastes durch das Zimmer streifen und fragte: „Gefällt Ihnen mein Zimmer? Herr von Krüger, der Baron, hat jedes Möbelstück ausgemessen. So, da kocht das Wasser schon."

Sie brühte den Tee auf.

„Sie haben es hier wirklich sehr schön! Wie fein ist auch das reizende Geschirr und die besondere Keksdose!"

„Die hat mir der junge Baron aus Japan mitgebracht. Die jungen Leute kommen heute überall in der Welt herum. Mit dem Flugzeug ist man ja in ein paar Stunden in Amerika, Afrika oder im Fernen Osten. So, wir wollen den Tee noch einen Augenblick ziehen lassen."

Sie nahm den Deckel von der Keksdose.

„Diese Plätzchen sind etwas ganz Besonderes. Die Köchin im Hause des Barons backt sie nach einem Spezialrezept, das sie niemandem preisgibt."

Frau Donath zog den Vorhang wieder zu und fuhr fort zu erzählen: „Ist es nicht praktisch, mit einem Handgriff Küche und Schlafzimmer verschwinden zu lassen? Nun haben wir ein gemütliches Wohnzimmer."

„Ich liebe es auch nicht, im Wohnraum ein Bett zu haben. Darum verwandle ich jeden Morgen mein Bett in eine Couch."

„Das kann ich leider nicht. Für Maya wäre es zu umständlich und zeitraubend. Ich halte sie morgens ohnehin mit allerlei Handreichungen auf."

„Ich verstehe – waschen – anziehen – frisieren."

„O nein, einiges kann ich gut selbst tun, und das Frisieren – ach, ich bin so eitel – das macht mir niemand gut genug. Aber nun greifen Sie endlich in die Keksdose."

Sie schenkte den Tee ein.

Fräulein Ehlert sagte: „Ich bewundere Sie, Frau Donath. Es ist erstaunlich, wie Sie sich selber helfen. Und wie flink alles geht!"

„Haha", da war wieder das besondere Lachen, „ich bin ein altes, gebrechliches Weib, an dem nichts zu bewundern ist. Wie schmecken Ihnen die Plätzchen?"

„Wunderbar, das Rezept würde meine Freundin interessieren. Aber Sie sagten ja, es sei nicht zu bekommen. Ich selber bin leider nie eine Hausfrau gewesen."

„Sie haben sicher im Berufsleben gestanden? Das heißt, eine Hausfrau sein ist auch ein Beruf, ein sehr vielseitiger sogar. Aber seit eh und je versteht man unter Berufstätigkeit eine Arbeit außerhalb des Hauses, wenn auch zu unrecht."

„Ich war Bankbeamtin."

„Das ist gewiß ein interessantes und auch verantwortungsvolles Arbeitsgebiet. Immer mit Geld umzugehen erfordert meines Erachtens einen festen Charakter."

„Mit Geld direkt bin ich gar nicht umgegangen. Damit hat nur der Kassierer zu tun. Die Arbeit in einer Bank ist sehr vielseitig. Natürlich dreht es sich dabei immer um Geld, aber nicht nur in Form von Münzen und Banknoten, sondern um Kontenführung, Hypotheken, Anleihen, Zinsen, Aktien, Guthaben, Schulden und so weiter."

„Von alledem habe ich keine Ahnung."

„Man lernt das, wie in jedem Beruf. Heute hat man eingesehen, daß auch im Haushalt vieles zu lernen ist. Sie sind immer Hausfrau gewesen?"

„Nein, ich war Lehrerin für Hauswirtschaft, Turnen und Handarbeiten und weiß dadurch natürlich im Haushalt gut Bescheid."

Fräulein Ehlert schaute unwillkürlich auf die gelähmten Beine. „Turnen", sagte sie, „und jetzt –?"

Gwendolin Donath ging über die Frage hinweg. „Ich habe auch als verheiratete Frau noch manches Jahr im Schuldienst gestanden."

Fräulein Ehlert drängten sich viele Fragen auf. Wie lange mochte die Frau vor ihr schon gelähmt sein? Seit wann war sie Witwe? Welche Stellung hatte sie im Hause des Barons eingenommen? Woher kam das rege Interesse des Barons an ihr? Hatte sie Kinder?

Frau Donath riß sie aus ihren Gedanken. „Wie lange leben Sie schon hier im Haus?"

„Seitdem das Haus eröffnet wurde – vor anderthalb Jahren. Vorher hatte ich zusammen mit einer Freundin eine Wohnung. Wir wollten bis an unser Lebensende zusammenbleiben. Aber es kam anders. Der Schwager meiner Freundin starb ganz unerwartet, und ihre Schwester wollte nicht alleinbleiben. Sie bat meine Freundin, zu ihr zu ziehen. Sollte ich nun auf unserer Abmachung bestehen und meiner Freundin Schwierigkeit bereiten? Sie sah auch ein, in welche Verlegenheit sie mich brachte. Wir hatten die Wohnung gemeinsam gemietet. Für mich allein war sie aber zu groß und auch zu kostspielig. Ich hätte mir eine kleine Wohnung nehmen können, aber – nun werden Sie lachen – ich wäre allein nicht zurechtgekommen mit Kochen, Saubermachen und allem, was dazugehört. Ich kannte durch meine Tätigkeit bei der Bank den Bauunternehmer, der dieses Altenheim baute, und so bekam ich ein Zimmer und zog als eine der ersten ein. Weil ich die Wahl hatte, entschied ich mich für dieses Zimmer. Aber gerade dieses eine Zimmer war bereits reserviert, wie man mir sagte. Ich nehme an, es war schon damals für Sie bestimmt."

„Das kann sein. Herr von Krüger hat schon lange vorgesorgt. Ich wäre auch eher eingezogen –"

Sie brach ab und schien zu überlegen, wieviel sie von den Zusammenhängen preisgeben solle und beendete nachdenklich den Satz: „... es hat sich anders ergeben. Bisher war es, wie ich hörte, anderweitig belegt."

„Ja, anfangs wohnten hier drei Frauen zusammen, zuletzt Frau Dürschke mit einer Frau Schmitz. Letztere ist ganz plötzlich gestorben, und Frau Dürschke hat ein Einzelzimmer bekommen."

„Es tut mir leid, Fräulein Ehlert, daß ich Ihnen, ohne es zu wissen, das Zimmer weggeschnappt habe. Herr von Krüger hat alles geregelt, als ich mich entschloß, Haus Forst endgültig mit dem Heim zu vertauschen."

„Sie brauchen sich darum keine Gedanken zu machen. Ich habe auch ein schönes Zimmer. Sie müssen es sich einmal ansehen. Es ist mir insofern lieber, weil es zur Straßenseite liegt und Morgensonne hat. Es ist nur ein wenig kleiner als dieses Zimmer."

„Ich brauche mit meinem Zimmerauto so viel Platz."

Zögernd fragte Fräulein Ehlert: „Hätten Sie nicht auf Forst bleiben können?"

„Gewiß hätte ich das. Der Baron und seine Familie haben es sogar gewünscht. Ich aber mochte ihnen die dauernde Pflege nicht zumuten. Hier im Hause sind Maya und Susanne dafür da, Behinderten beizustehen. Aber nun erzählen Sie mir ein wenig vom Leben hier im Hause."

„Darüber ist nicht viel zu sagen. Ein Tag verläuft wie der andere. Aufstehen, frühstücken, ein wenig im Park herumlaufen, wenn das Wetter danach ist, mal ein Bummel durch die Stadt, nach dem Mittagessen ausruhen vom Nichtstun, Kaffee trinken, herumsitzen, fernsehen, im Sommer manchmal ein gemeinsamer Ausflug mit dem Bus. Ich ziehe mich oft zurück, um nicht all das Geschwätz anhören zu müssen –" Fräulein Ehlert unterbrach sich achselzuckend.

„Geschwätz, sagten Sie? Man kann doch auch gute Gespräche miteinander führen."

„Gute Gespräche. Wenn Sie wüßten! Aber das werden Sie noch erfahren. Da heißt es: ‚Herr Vogel hat gesagt', ‚Frau Dürschke weiß', ‚Frau Hensel meint' und so weiter. Im großen und ganzen geht es nur um billigen Klatsch."

„Ist es wirklich so schlimm? Muß das so sein?"

„Wer will es ändern? Ich ahnte nicht, wie eng der Lebenskreis wird, wenn man in einem Altersghetto lebt."

„Sie sind doch ein gebildeter Mensch. Könnten Sie nicht für ein wenig Atmosphäre sorgen? Sie verstehen, was ich meine?"

„Das ist hier vergebliche Liebesmüh, Frau Donath."

„Haben Sie es schon einmal versucht?"

„Ich weiß nicht, wie Sie sich das vorstellen. Leben Sie erst mal längere Zeit unter Menschen der verschiedensten Lebenskreise. Vergessen Sie nicht: Alle, die hier wohnen, haben das Interesse an der Außenwelt verloren. Sie leben von der Vergangenheit, ihrer eigenen Vergangenheit. Von der Zukunft haben sie ja sowieso nichts mehr zu erwarten."

„Das ist traurig und, wie Sie es hinstellen, sehr deprimierend. Ich weiß, heute beurteilt man die Menschen im allgemeinen nach ihren Leistungen. So gesehen, sind wir Alten, die wir nichts mehr leisten können, abgeschrieben. Darum sollten wir zumindest füreinander da sein. Wie tröstlich ist das Wissen: Gott liebt mich auch in meiner Hilflosigkeit, im Alter. Er fragt nicht nach Leistung, er liebt mich, wie ich bin."

„Gott – ich weiß nicht –", Fräulein Ehlerts Miene drückte Ratlosigkeit aus.

„Glauben Sie nicht an Gott?"

„Was heißt: an Gott glauben? Man glaubt an ein höheres Wesen, hat von ihm aber keine Vorstellung. Ich weiß nicht, was ich mit Gott anfangen sollte."

„Ich wüßte nicht, was ich ohne Gott anfangen sollte."

„Vielleicht, weil Sie ..." Fräulein Ehlert warf einen scheuen Blick auf die gelähmten Beine.

„Nicht weil, sondern obwohl mir Gott dieses Los zugeteilt hat, glaube ich an einen barmherzigen, liebenden, persönlichen Gott."

„Das verstehe ich nicht."

„Wir haben im Laufe der Zeit gewiß noch oft Gelegenheit, darüber zu sprechen."

„Ich werde dazu kaum etwas sagen können. Es ist ein Thema, das mir durchaus nicht liegt."

„Nun, so wichtig dieses Thema auch ist, sprechen wir über Dinge, die Ihnen liegen. Ich kann mir nicht vorstellen, daß Sie bereits resigniert und keinerlei Interessen mehr haben."

„Nein, soweit ist es mit mir noch nicht gekommen. Dennoch muß ich sagen, die Interessen erlahmen, wenn man keinen oder nur wenig Gedankenaustausch hat. Hier im Hause fehlt die Anregung zu Gesprächen. So muß ich mich darauf beschränken, viel zu lesen. Wir haben im Hause zwar drei Fernsehzimmer, in jedem Stockwerk eins. Trotzdem gibt es immer wieder Reibereien wegen des Programms. Deshalb habe ich mir selbst einen kleinen Apparat angeschafft, um nicht auf das angewiesen zu sein, was die meisten interessiert. Haben Sie keinen eigenen Radioaparat?"

„Doch. Der steht auf meinem Nachttisch. Ich höre morgens in aller Frühe gern den Morgengruß. Mir liegt daran, gleich beim Erwachen ein geistliches Lied und einen Zuspruch zu hören."

„Musik – ja, das ist auch etwas, was ich liebe, aber da nur wieder bestimmte Sendungen. Und sonst – nun, ich habe noch immer Interesse an der Mode, trage gern schöne Kleider, wenn Sie das auch unter den Begriff ‚Interesse' einordnen wollen", erklärte Fräulein Ehlert.

„Warum nicht? Alles Schöne erfreut das Herz, ob es nun schöne Musik ist – was der einzelne halt unter schöner Musik versteht –, schöne Kleider, schöne Möbel oder auch schönes Geschirr, wie ich es hier auf dem Tisch stehen habe. Ich freue mich jeden Tag über mein schönes Zimmer. Ja, und Musik – wenn in der Bibel steht: ‚Sie lobten Gott mit Posaunen und Harfenspiel', so denke ich, daß auch Gott Musik liebt und sie uns zur Freude gegeben hat. Doch nun, denke ich, sollten wir uns das Haus ansehen."

Sie schauten sich zuerst das Fernsehzimmer im gleichen Stockwerk an. Zwei Frauen saßen vor dem Bildschirm und wandten die Köpfe, als Fräulein Ehlert hereinkam. Sie interessierten sich einen Augenblick mehr für die Frau im Rollstuhl als für das Geschehen im Fernsehen. Da aber weder Fräulein Ehlert noch die Gelähmte Anstalten machten zu bleiben, wandten sie sich wieder der Mattscheibe zu.

„Das sind zwei unserer ältesten Frauen", erklärte Fräulein Ehlert, als sie die Tür wieder geschlossen hatten. „Sie gehören zu den wenigen, die trotz ihrer nahezu neunzig Jahre noch herumlaufen können. Fast den ganzen Nachmittag sitzen sie aber da drinnen und schlafen wahrscheinlich nach kurzer Zeit in ihren Sesseln ein. Sie haben dort ihren Stammplatz, den ihnen keiner streitig zu machen wagt."

„Es wäre gewiß besser, sie würden sich, solange es das Wetter erlaubt, draußen hinsetzen. Es gibt doch wohl Gelegenheit dazu?"

„Ja. Wir fahren jetzt ins Erdgeschoß, da werde ich es Ihnen zeigen. Unsere Pflegerinnen kümmern sich rührend um die Ältesten im Haus. Sie würden sie in Decken hüllen, wenn sie draußen sitzen und die frische Luft genießen wollten. Aber natürlich zwingt sie niemand dazu."

Im Fahrstuhl sagte Fräulein Ehlert: „Nach oben zu fahren, hat keinen Zweck. Auch dort ist nur Zimmer an Zimmer und am Ende des Flures wieder ein Fernsehraum."

Im stillen wunderte sich Fräulein Ehlert, wie geschickt Frau Donath ihren Krankenfahrstuhl dirigierte.

„Den Eßsaal brauchen wir nicht anzusehen", meinte sie, als sie unten ankamen. „Hier sind, wie die Türschilder bezeichnen, die Verwaltungsbüros. Das ist das Zimmer von Frau Klarus. Daneben gibt es sogar ein kleines Zimmer für Raucher. In den anderen Räumen darf nicht geraucht werden. Ich glaube, manche tun es doch, aber es ist verboten."

„Nun ja, die Luft wird verpestet, und es ist nicht gut, in einem Raum zu schlafen, in dem geraucht worden ist."

„Es geht weniger um die schlechte Luft, Frau Donath, als vielmehr um die Feuergefahr. Wie oft liest man in der Zeitung, daß ein Brand irgendwo ausgebrochen ist, weil jemand im Bett geraucht hat. Susanne ist unser Spürhund." Sie lachte. „Verstehen Sie es richtig. Sie riecht sofort, wenn irgendwo in den Etagen eine Pfeife oder Zigarette geraucht wird. Man kennt ja auch die Raucher und braucht nicht lange zu suchen, woher der Dunst kommt."

„Passiert das ab und zu?"

„Leider! Vor einem halben Jahr mußte ein Mann das Heim verlassen, weil er wiederholt dabei ertappt wurde, als er in seinem Zimmer rauchte. Man hatte ihn mehrfach verwarnt, ehe man ihn raussetzte. Das hat sich natürlich herumgesprochen, und seitdem ist nichts mehr vorgefallen. Herr Vogel, der in Verdacht stand, weil es in seinem Zimmer stark nach Tabak roch, erklärte, seine Anzüge würden nach Pfeifentabak riechen. Man konnte ihm jedenfalls kein Vergehen gegen die Hausordnung nachweisen."

„Ich kann mir denken, daß es in einem solchen Haus nicht ohne besondere Vorschriften geht."

„Wir haben wirklich nicht viele Vorschriften. Für einen leidschaftlichen Raucher scheint es aber schwer zu sein, diese kleine Einschränkung auf sich zu nehmen. Aber sehen Sie, das hier ist der Salon. Irgendwer hat einmal gesagt, dieser allgemeine Aufenthaltsraum sei wie ein Salon eingerichtet, und so hat der Raum seinen Namen bekommen."

„Es ist wirklich ein sehr schöner Raum", sagte Frau Donath.

Gemütliche Sessel waren in Gruppen zu je vier um einen Tisch geordnet. Zwei Ecksofas mit runden Tischen luden zu traulichem Gespräch ein. Einzelne Sessel standen zu beliebiger Bedienung im Raum herum.

Einige Tische waren besetzt. Man spielte „Mensch ärgere dich nicht" und Rommé.

Als Fräulein Ehlert mit Frau Donath erschien, sahen alle auf. Sie nickte nach allen Seiten und fuhr durch den Mittelgang hinter Fräulein Ehlert her zu der breiten Glastür, die diese nach der Terrasse zu öffnete.

„Tür zu! Tür zu!“ hörte Gwendolin rufen.

Fräulein Ehlert folgte unverzüglich diesem Befehl. Lachend erklärte sie: „Sie scheuen den kleinsten Luftzug.“

Auf der Terrasse saß ein Ehepaar, und Fräulein Ehlert sah sich genötigt, Frau Donath noch einmal vorzustellen.

„Das sind Herr und Frau Schreiber, und wie Sie heute mittag gehört haben, ist dies Frau Donath.“

Gwendolin reichte beiden die Hand.

„Ich wußte gar nicht, daß hier auch Ehepaare wohnen.“

„Ja, wir schafften es zu Hause nicht mehr allein. Karl, das ist mein Mann, hat mir immer geholfen, aber er vergißt alles.“

„Du vergißt ja auch alles“, wehrte sich der Mann.

„Ich verstehe, das Gedächtnis läßt nach, wenn man älter wird.“

„Sie sind hier ja auch gut aufgehoben“, fügte Fräulein Ehlert hinzu.

„Ja, man hat's hier wirklich gut. Immer gut zu essen, und das Zimmer sauber und warm. Mein Mann wollte erst nicht, nun ist er aber sehr froh. Kinder haben wir keine, und Sorgen auch nicht.“

„Wenn du nur nicht zuerst stirbst“, meinte der Mann.

„Das sagst du immer. Dann bist du trotzdem gut versorgt.“

„Das schon, aber ich will nicht allein zurückbleiben.“

„Unsere Zeit steht in Gottes Händen, Herr Schreiber."

„Der liebe Gott wird es schon recht machen. Was haben Sie denn mit Ihren Beinen?" fragte die Frau.

Fräulein Ehlert war diese direkte Frage peinlich, doch Frau Donath antwortete ruhig: „Ich kann sie halt nicht mehr bewegen, aber dafür habe ich den schönen Rollstuhl, mit dem man gut herumfahren kann. Wie ist es? Dürfen wir dort hinunter in den Garten fahren?" wandte sie sich wieder an ihre Begleiterin.

„Gewiß, wenn es Ihnen nicht zu kühl wird. Ich kann Ihnen gerne eine Decke holen."

„Das wäre lieb von Ihnen!"

Die alten Eheleute schauten wortlos geradeaus und schienen die Frau im Rollstuhl vergessen zu haben. Gwendolin suchte nach einem Anknüpfungspunkt, fand aber keinen. Ihr war seltsam zumute. Das Wort „Altersghetto" kam ihr in den Sinn. War es wirklich so? Gab es hier nichts, was dem Leben noch einen Sinn verlieh? Wie alt mochten die beiden sein? Ihr fielen die beiden Frauen vor dem Fernsehschirm ein, von denen man nicht wußte, ob sie schauten oder schliefen; und die Leutchen im Salon, wußten sie nichts anderes mehr zu tun als zu spielen? Würde Sie selber auch einmal in einen solchen Zustand verfallen? Sie faltete die Hände und betete wortlos, Gott möge ihr inmitten dieser Inhaltlosigkeit eine Aufgabe zuteilen. Wie eine solche Aufgabe aussehen sollllte, wußte sie noch nicht.

Fräulein Ehlert kam mit einer Wolldecke zurück und breitete sie über den Beinen aus.

„Wenn Sie die Decke ein wenig um die Beine schlagen könnten?" bat Gwendolin.

Etwas ängstlich fragte Fräulein Ehlert: „Wenn ich Ihnen nicht weh tue?"

„Nein, ich habe in den Beinen keine Schmerzen mehr. Es wirkt sich nur aus, wenn sie kalt werden. Dann bekomme ich Schmerzen im Rücken und in den Armen. Merkwürdig, nicht wahr?"

„Sie tragen das so selbstverständlich."

„Es ist mir anfangs gar nicht leicht geworden, damit fertig zu werden. Nicht immer ist es einfach, zu Gottes Führung ja zu sagen!"

„Es muß schön sein, so glauben zu können."

„Es ist ein großes Geschenk. Jeder kann es empfangen, Fräulein Ehlert."

Sie fuhren die breite Kastanienallee entlang. Frau Donath mußte sich auf dem Kiesweg sehr anstrengen. Fräulein Ehlert sagte: „Ich werde ein wenig helfen."

„Strengt es Sie auch nicht zu sehr an?"

„O nein, Frau Donath. Trotz meiner dreiundsiebzig Jahre geht es noch gut, zumal Sie dabei das Ihre tun."

„Hier gibt es eine Anzahl älterer Menschen, nicht wahr?"

„Ja, die meisten sind achtzig Jahre und älter. Auf der Pflegestation liegen etwa zwanzig Leute. Es ist jedesmal deprimierend, wenn jemand aus dem Eßsaal verschwindet und auf die Pflegestation verlegt wird. Ich glaube, für Frau Klarus ist es oft schwer, diese Entscheidung zu treffen. Jeder, der dorthin kommt, weiß ja, daß es die letzte Etappe ist. Und wir andern wissen es auch, haben es aber noch vor uns."

„Es muß schlimm sein, keine Hoffnung mehr zu haben."

„Hoffnung – worauf sollten wir noch hoffen?"

„Auf das, was nach dem Tode kommt."

„Ich glaube, nun sind wir wieder bei Gott angelangt."

„Allerdings. Ich möchte nicht aufdringlich sein, Fräulein Ehlert. Diese Frage ist jedoch so entscheidend, daß sie mich immer wieder beschäftigt. Ich bin kaum vierundzwanzig Stunden im Haus und sehe mit Bestürzung, was es heißt, alt zu werden ohne Hoffnung."

„Können Sie mir ganz genau sagen, worauf Sie hoffen?"

„Erst wenn wir glauben, können wir hoffen. Ich glaube, daß Jesus Christus mich erlöst und mit Gott versöhnt hat. Damit steht mir der Himmel offen."

„Erlöst – versöhnt – Himmel – das sind Begriffe, mit denen ich nichts anfangen kann. Damit habe ich mich nie befaßt."

„Es ist noch Zeit, sich damit zu befassen."

„Fragen Sie doch einmal die achtzig Leute hier im Haus, um nur von den Insassen und nicht von den Angestellten zu sprechen – fragen Sie doch mal, wer sich damit beschäftigt hat. Ich fürchte, Sie werden kaum einen finden. Sie sind eine Ausnahme. Verlassen Sie sich darauf."

„Meinen Sie wirklich? So gehen alle dahin ohne Trost, ohne Zukunft? Das ist erschütternd."

„Mag sein, aber man kann es nicht ändern."

Sie kamen zu einem sonnigen Platz am Ende der Kastanienallee.

„Sehen Sie, Frau Donath, da sitzen sie alle drinnen vor dem Fernseher oder spielen im Salon. Hier in der Sonne könnten sie den schönen Blick über die Wiese und die frische Luft genießen. Aber nur ganz wenige raffen sich auf, um dieses schöne Plätzchen zu erreichen. Im Winter ist hier eine Futterstelle. Ich beobachte dann die Vögel, die so zahm sind, daß man sie greifen könnte. Ist es nicht drollig anzusehen, wie dort die Amseln über die Wiese stelzen?"

„Sie haben recht. Die Vögel wissen, daß ihnen hier niemand etwas zuleide tut."

„Solange ich kann, werde ich täglich meinen Spaziergang durch den Park machen. Manchmal gehe ich auch in die Stadt. Dann stelle ich meistens fest, daß mein Interesse an gewissen Dingen erlahmt. Im Grunde genommen ist es sinnlos, etwas für die Gesundheit und die Verlängerung seines Lebens zu tun. Eines Tages kommt man ja doch in eins der stillen Zimmer und vegetiert dahin. Man sollte gar nicht daran denken."

„Stille Zimmer? Was meinen Sie damit?"

„Im Seitenflügel des Erdgeschosses liegen die Pflegefälle. Ich weiß nicht, wer die Bezeichnung ‚stille Zimmer' dafür aufgebracht hat. Von den achtzig Insassen des Heimes liegen dort etwa zwanzig, genau weiß ich es nicht. Sie haben vorhin die beiden Neunzigjährigen im Fernsehzimmer gesehen. Ich glaube, Frau Klarus wartet nur darauf, daß wieder ein Platz auf der Pflegestation frei wird, um dort die beiden unterzubringen. Sie sind so gebrechlich. Über kurz oder lang werden sie ihr Bett nicht mehr verlassen können."

„Sie werden in den ‚stillen Zimmern' also bis zu ihrer letzten Stunde gepflegt?"

„Ja, man bettet und füttert sie. Mehr kann man für sie nicht tun. Man müßte an einem Herzschlag sterben! Das wäre der schönste Tod."

„Kümmert sich außer der Pflegerin denn niemand um die ganz Hilflosen?"

„Wer sollte das tun? Niemand mag sie besuchen. Es ist doch nicht angenehm, vor Augen zu haben, was einem vielleicht selber bevorsteht. Außerdem weiß man nicht einmal, ob diese Leutchen überhaupt noch soviel begreifen, daß ihnen ein Besuch etwas bedeutet."

Gwendolin schwieg. Sie nahm sich vor, sich davon selber zu überzeugen, ob den Leuten auf der allerletzten Station in den ‚stillen Zimmern' nicht doch noch eine Freude zu machen sei.

Frau Klarus, die mehr sah und hörte, als ihre Schutzbefohlenen ahnten, suchte Frau Donath an einem der nächsten Tage nach dem Abendessen in ihrem Zimmer auf.

„Ich muß doch endlich einmal hören, wie Sie sich eingelebt haben, Frau Donath. Wie gefällt Ihnen unser Haus?"

„Ich habe den Eindruck, daß die alten Menschen hier gut aufgehoben sind. Und doch bin ich versucht, Fräulein Ehlert recht zu geben, wenn sie von einem Altersghetto spricht."

„Das liegt an den Heimbewohnern selber, wenn sie es so auffassen und natürlich auch an ihrer Situation."

„Ich habe beobachtet und in diesen Tagen viel nachgedacht. Fräulein Ehlert hat mir dazu manchen Stoff geliefert."

„Sie ist eine kluge Frau, deren Interessen sich nicht nur um das Essen und ein wenig Fernsehen drehen. Sie hat wahrscheinlich auch problematische Fragen angeschnitten."

„Nur indirekt. Aber Probleme gibt es hier. Um das zu sehen, muß man nur einmal beobachten, was die Leute den ganzen Tag tun. Im Grund genommen machen sie gar nichts."

„Da haben Sie recht. Das ist wirklich ein Problem. Dabei gäbe es so manches, was die Frauen trotz ihres Alters noch tun könnten. Vielleicht würde manche Frau gerne in der Küche helfen. Fräulein Ehlert könnte uns bei der Buchhaltung unterstützen oder sich sonst im Büro betätigen. Aber ich darf niemand zur Arbeit heranziehen, obwohl es für manche Frau und auch für die Männer eine schöne Unterbrechung ihres Einerlei wäre, wenn sie hier und da helfen könnten. Herr Megers zum Beispiel hat mir anfangs wiederholt gesagt, er kenne sich in Gartenarbeit aus und wolle gern beim Bepflanzen der Blumenbeete helfen. Dabei ging es ihm nicht um eine Entschädigung. Leider muß ich darauf verzichten. Fällt das Geringste vor, sei es nur, daß sich jemand benachteiligt fühlt, wird es an die große Glocke gehängt, und es heißt, wir nutzten die alten Leute aus. Das steht dann unter einer dicken Schlagzeile in der Zeitung, ohne daß der Sache nachgegangen und der wahre Sachverhalt geklärt wird. Beschäftigung wäre aber für unsre Alten so wichtig."

„Scheinbar haben die Frauen auch gar kein Interesse, etwas anderes zu tun als herumzusitzen, Rommé zu spielen und vor dem Fernsehschirm zu sitzen. Erst einmal habe ich zwei Frauen gesehen, die mit einer Handarbeit beschäftigt waren."

„Die Frauen brauchten eine Anregung – soweit sie überhaupt noch in der Lage dazu sind, etwas zu tun –, und das sind immerhin eine ganze Anzahl. Mir fehlt die Zeit, mich darum zu kümmern. Ob dem Kuratorium des Hauses für eine entsprechende Hilfskraft finanzielle Mittel zur Verfügung stehen oder ob dafür niemand zu gewinnen ist, entzieht sich meiner Kenntnis. So muß es halt gehen, wie es geht. Ich weiß, dem alten Menschen ist nicht allein damit geholfen, daß er einen gedeckten Tisch vorfindet und ein warmes Zimmer hat. Ich muß mich aber leider darauf beschränken, für diese Dinge zu sorgen."

In Nachdenken versunken, schaute Gwendolin Donath ins Leere.

„Hm – hm –", machte sie ein paarmal, sah die Heimleiterin an und fragte: „Wenn Sie erlauben, würde ich versuchen, hier und da etwas anzuregen. Viel kann ich gewiß nicht tun, aber immerhin ..."

„Soviel ich weiß, waren Sie Handarbeitslehrerin. Da können Sie gewiß etwas erreichen. Aber das möchte ich Ihnen nicht zumuten."

„Warum nicht? Ich brauche mehr als alle anderen hier eine Beschäftigung, und indem ich andern helfe, ist mir geholfen."

„Ich fürchte, Frau Donath, Sie erleben eine Enttäuschung. Bitte, bedenken Sie das Alter der meisten

Frauen. Wir haben nur zwanzig Leute unter achtzig Jahren, davon sind drei Männer. Ich kann und würde es Ihnen niemals verwehren, jemand zu helfen, der einen Strumpf stricken oder ein Deckchen stikken will. Nur darf es nicht so aussehen, als sei das Ihre Aufgabe hier im Haus."

„Ich gebe mich keiner Illusion hin, Frau Klarus. Natürlich werde ich mich nicht in den Salon setzen und sagen: ‚Jetzt wollen wir uns alle mal eine Handarbeit vornehmen!' Damit würde ich sicher das Gegenteil erreichen. Ich werde es sehr diplomatisch anfangen müssen und verspreche Ihnen, daß es keine Komplikationen geben wird."

„Ich bin überzeugt, Sie werden es mit dem nötigen Takt in die Wege leiten. Hoffentlich erleben Sie keine allzu große Enttäuschung."

„Mit Enttäuschungen muß man immer rechnen, wenn man etwas wagt. Aber da ist noch etwas: Wie kommen die Leute im Haus dazu, mich Baronin zu nennen?"

Frau Klarus lachte.

„Damit müssen Sie sich abfinden. Eine der Frauen hat etwas falsch verstanden und im Haus verbreitet, noch ehe Sie zu uns kamen, Sie seien eine Baronin. So etwas ist schwer auszurotten. Einige werden Sie immer Baronin nennen. Stört es Sie sehr?"

„So wichtig ist es nun auch wieder nicht."

So oft Frau Donath sich irgendwo sehen ließ, sei es im Salon oder im Garten, immer war Fräulein Ehlert an ihrer Seite.

Frau Dürschke konnte nicht länger an sich halten.

„Sie machen sich ja an die Baronin heran, als wäre die wirklich etwas Besonderes. Erzählen Sie mal, was sie Interessantes zu sagen weiß."

„Eins steht fest, und das sollten Sie vor allen Dingen wissen: Frau Donath ist keine Baronin."

„Für mich bleibt sie die Baronin. Aber unsereiner ist wohl nicht vornehm genug, sie zu besuchen."

„Ob sie Ihren Besuch wünscht oder nicht, kann ich nicht sagen."

„Jedenfalls werde ich mal zu ihr gehen. Oder darf man sie nicht besuchen?"

„Davon habe ich kein Wort gesagt."

„Reg dir nich uff, Tinchen! So 'ne Lahme freut sich bestimmt über jeden Besuch."

„Schön, Meta, dann werden wir sie auch mal besuchen. Was erzählt sie denn so, Fräulein Ehlert?"

„Sie können einem mit Ihren Fragen lästig werden, Frau Dürschke."

„Haben Sie sich nur nicht so. Ich werde morgen zu ihr gehen und sie selber nach den Dingen fragen, die mich interessieren, ganz gleich, ob Ihnen das recht ist oder nicht."

„Sie brauchen mich nicht zu fragen, wenn Sie jemand besuchen wollen. Frau Donath ist ein liebenswürdiger Mensch. Ich weiß allerdings nicht, wie sie auf Ihre taktlose Art reagieren wird."

Mit diesen Worten verließ Fräulein Ehlert den Salon, um weiteren Erörterungen aus dem Wege zu gehen.

Am nächsten Nachmittag klopfte Frau Dürschke bei der „Baronin" an. Sie hatte Meta überredet, mitzukommen.

Als sie auf das freundliche „Herein" die Tür öffnete, blieb auch sie verdutzt an der Tür stehen.

„Nein", wandte sie sich Meta zu, noch ehe sie Frau Donath begrüßt hatte, „sieh dir das an! Man sollte es nicht für möglich halten!"

„Guten Tag", sagte Frau Donath. „Kommen Sie doch herein. Was sollte man nicht für möglich halten?"

„Man erkennt das Zimmer einfach nicht wieder."

Meta schob ihre Freundin hinein und machte die Tür zu.

„Entschuldigen Sie, Frau Baronin, daß wir Sie überfallen. Ich habe vor Ihnen in diesem Zimmer gewohnt und bin einfach platt, weil es so verändert ist."

„Ich heiße Gwendolin Donath und bin keine Baronin. Mit wem habe ich die Ehre?"

„Ehre, hast du das gehört, Meta? Also ich bin die Dürschke, Frau Albertine Dürschke, und das ist Meta Hellwich, meine Freundin. Hoffentlich stören wir Sie nicht."

„Ich freue mich über jeden Besuch. Bitte nehmen Sie Platz. Darf ich Ihnen eine Tasse Tee anbieten?"

„Nein, wir kommen gerade vom Kaffeetrinken und wollten nur – na ja, wir wollten Sie mal näher kennenlernen. Unten im Eßsaal kommt man nicht dazu, und sonst drängelt sich immer die Ehlert an Sie heran. Dienstags geht sie in die Stadt. Da wollte ich die Gelegenheit nutzen – aber nein, das Zimmer hier – ich weiß nicht, was ich dazu sagen soll."

„Es tut mir leid, wenn ich Sie verdrängt haben sollte. Leider hatte ich darauf gar keinen Einfluß."

„Ach was“, mischte sich Meta ein, „verdrängt! Tinchen hat schon immer ein Zimmer für sich allein haben wollen, und nun hat sie es bekommen.“

„Ja, Frau Baronin, eine kleine Hucke hat mir die Klarus gegeben.“

„Bitte nicht Frau Baronin. Wie ich schon sagte –“

„Für mich bleiben Sie die Baronin. Aber was ich sagen wollte: Wenn man das Zimmer hier mit meiner kleinen Hucke vergleicht –“ Sie unterbrach sich kopfschüttelnd.

„Ich weiß nicht, wer hier über die Verteilung der Zimmer bestimmt. Es tut mir leid, wenn Sie Grund zum Klagen haben.“

„Was das Klagen anbelangt, da könnte ich Ihnen an den Fingern abzählen, was hier im Hause mies ist. Doch was will man machen, wenn einen die Kinder ins Heim abschieben? Ich habe drei Töchter, alle drei gut verheiratet. Glauben Sie, die haben einen Pfennig für mich übrig?“

„Nana, Tinchen, nu sei mal stille!“

Frau Dürschke redete weiter.

„Die bezahlen keinen Pfennig an das Heim. Da muß die öffentliche Hand her – öffentliche Hand klingt besser als Sozialamt. Unsereiner muß den Mund halten und nehmen, was er kriegt – muß still sein, auch wenn er in eine kleine Hucke gesteckt wird.“

„Frau Baronin – oder Frau Donath, wenn Sie es so wollen, machen Sie sich nichts aus Tinchens Reden. So klein ist die Hucke gar nicht. Es geht uns hier ganz gut. Aber Tinchen meckert nun mal gern. Sie meint es gar nicht so ernst.“

„Es ist mir wohl ernst. Wissen Sie, Frau Baronin, Meta ist ein geduldiges Schaf und mit allem zufrieden, wie Frau Quandt immer sagt: ‚Man muß zufrieden sein.' Es ist zum Lachen. Wenn es nach Meta ginge, brauchte es keine Gerechtigkeit zu geben."

„Die gibt es auch leider nicht auf dieser Welt, Frau Dürschke."

Gwendolin rollte zum Eckschrank und holte die Keksdose hervor. „Möchten Sie eines von diesen Plätzchen probieren? Ich mache Ihnen gern eine Tasse Tee dazu. Die Plätzchen sind wirklich gut."

„Na denn, wenn's sein muß, ich will Ihnen keinen Korb geben."

Frau Dürschke probierte.

„Hm – ja, das ist was Feines! Solche muß mir Adelheid auch mal mitbringen. Wo gibt's die?"

„Ich glaube kaum, daß diese Plätzchen im Laden zu kaufen sind. Ich bekomme sie immer gebacken. Sie dürfen sich gern ein paar mitnehmen."

„Siehst du, Meta, man muß nur etwas Besonderes sein, dann kriegt man alles extra: Extraplätzchen, Extrazimmer. Ich möchte nicht wissen, was Sie, Frau Baronin, sonst noch alles extra bekommen."

„Haben Sie in Ihrem Leben so viele Enttäuschungen erlebt, daß Sie so verbittert sind?"

„Enttäuschungen – wenn ich Ihnen das alles erzählen wollte! Sie haben ja keine Ahnung, wie das Leben ist. Na ja, das mit Ihren Beinen – sonst haben Sie wahrscheinlich alles im Leben gehabt, was Sie sich wünschen konnten. Das sieht man ja."

„Nu hör' aber auf, Tinchen!"

„Wieso? Das kann man ruhig mal sagen. Du

siehst doch, daß sie es besser hat als unsereiner. Allein das Zimmer ..."

„Möchten Sie mit mir tauschen? Gelähmt hier im Sessel sitzen?"

„Da haben Sie recht, Frau Baronin! Äh, Frau Donath. Sie brauchen mit Ihrem Fahrstuhl mehr Platz als einer, der herumlaufen kann. Das mußt du doch einsehen, Tinchen!"

„Na und? Sie wird doch wahrscheinlich hinten und vorne bedient."

Gwendolin hatte Mühe, ruhig zu bleiben. Was war das für eine unverschämte Frau! Trotz ihrem Ärger über die taktlosen Reden sagte sie beherrscht: „Nein, ich lasse mich so wenig wie möglich bedienen. Ich bin glücklich über jeden Handgriff, den ich noch selber tun kann. Aber da Gott mir dieses Los zugeteilt hat –"

„Nun fangen Sie noch mit dem lieben Gott an! Da passe ich, wie man beim Skatspielen sagt. Nichts für ungut, Frau Baronin."

Frau Dürschke stand auf und ging zur Tür.

„Auf Wiedersehn, Frau Baronin!"

Meta machte keine Anstalten, mitzugehen.

„Kommst du nicht mit?"

„Geh nur schon! Ich komme gleich nach, Tinchen."

Als sich die Tür hinter Frau Dürschke geschlossen hatte, sagte Meta: „Die Dürschke redet immer so daher. Daraus dürfen Sie sich nichts machen. Das ist nun mal ihre Art. Ich kenne Sie schon lange. Wir haben viele Jahre zusammen in einem Haus gewohnt. Sie ist nie zufrieden. Manchmal wird mir ihr Gemecker auch zuviel. Aber ich kann sie nicht im Stich lassen. Sie hat sonst keinen. Ihre Kinder – ich verstehe das. Ich möchte sie nicht bei mir wohnen haben, auch wenn sie meine Mutter wäre. Wenn es mir zuviel wird, reiße ich einfach aus und gehe in mein Zimmer."

„Der Wechsel mit diesem Zimmer tut mir leid."

„Ach was, das braucht Ihnen nicht leid zu tun. Erst waren in diesem Zimmer drei Betten. Ich möchte nicht wissen, wie Tinchen die beiden anderen Frauen schikaniert hat. Die eine wurde nach kurzer Zeit von ihren Kindern nach Hause geholt. Und die Schmitzen ist nun gestorben. Als sie den Schlaganfall kriegte, und man davon sprach, daß sie auf die Pflegestation käme – es war nur gerade kein Bett frei – da sagte Tinchen gleich, nun könne man es so einrichten, daß sie ein Zimmer für sich allein bekäme. Sie hat gar nicht so viel Möbel und auch nie daran gedacht, dieses Zimmer für sich allein zu bekommen. Sie meckert einfach, weil es ihre Art ist."

„Damit macht sie sich aber das Leben selber schwer. Ich kann mir nicht denken, daß hier im Hause mit zweierlei Maß gemessen wird."

„Hier ist schon alles in Ordnung, Frau Baronin – Verzeihung, Frau Donath, man kann nicht klagen. Das gute Essen, nachmittags Kaffee und Kuchen und abends oft nochmal warmes Essen. Die Zimmer sind hübsch und gar nicht so klein, wie Tinchen sagt."

„Das Äußere allein macht das Leben nicht aus."

„Was will man mehr? Mancher hat es in seinem ganzen Leben nicht so gut gehabt wie hier."

„Was tun Sie eigentlich den ganzen Tag?"

„Ich? Wenn das Wetter danach ist, gehe ich spazieren. Hinter dem Park kann man gleich in den Wald gehen. Manchmal sitzen wir im Salon und spielen irgend etwas, und dann haben wir das Fernsehen. Ich habe auch mein Radio im Zimmer. Aber das ist so 'ne Sache. Ich wohne mit Frau Rothe zusammen, und wenn man sich nicht einig wird über das, was man hören will, gibt es Reibereien. Ich hätte damals mit Tinchen zusammen ein Zimmer haben können – nee, nicht für Kuchen! Den ganzen Tag ihr Gemecker anzuhören – nee!"

„Hat sie vielleicht ein schweres Los zu tragen gehabt und ist deshalb so verbittert?"

„Nicht schwerer als andere auch. Der Mann trank, aber dazu hat sie ihn selber getrieben. Welcher Mann bleibt zu Hause, wenn die Frau immer keift und unzufrieden ist? Nichts konnte er ihr recht machen. Ich könnte Ihnen Sachen erzählen, Frau Donath ...!"

„Im Grunde tut mir Frau Dürschke leid."

„Auch das noch! Nee, mir tut sie schon lange nicht mehr leid. Da geben Sie sich nur keine Mühe! Aber nun will ich gehen, sonst ist Tinchen eingeschnappt und redet tagelang kein Wort mit mir. Das will ich ihr nun doch nicht antun. Sie hat sonst niemanden, der sie wenigstens etwas mag und mit dem sie sich unterhalten kann."

„Sie hat gewiß auch ihre guten Seiten. Davon sollten Sie mir einmal erzählen, Frau Hellwich."

„Sagen Sie nur einfach Meta zu mir. Tinchen – gute Seiten? Ich müßte lange überlegen, um von ihr etwas Gutes sagen zu können. Wahrscheinlich können Sie sich nicht vorstellen, daß ein Mensch so sein kann. Sie sind – Sie haben – ich weiß nicht – Sie sind doch etwas Besonderes."

Gwendolin Donath hatte Herrn von Krüger gebeten, sie erst zu besuchen, wenn sie sich ein wenig eingelebt hätte. Als er etwa vierzehn Tage nach ihrem Einzug erschien, war das für Frau Dürschke wieder ein Anlaß, über die Ungerechtigkeit in der Welt zu lamentieren. Mitten in eine vielbesuchte Sendung des Fernsehens hinein platzte sie mit der Mitteilung: „Die Baronin kriegt Besuch. Der Baron ist gekommen."

„Scht!" geboten ein paar Stimmen Schweigen. Einige Köpfe wandten sich nach Frau Dürschke um.

„Der Baron? Woher?"

„Schscht . . .!"

Nun standen ein paar ganz Neugierige auf, und auch Herr Vogel folgte Frau Dürschke auf den Flur.

„Kennen Sie den Baron?"

„Frau Klarus ist mit ihm die Treppe hinaufgegangen und hat ihn mit Herr Baron angeredet. Natürlich verschwanden sie in Zimmer vierzehn. Er ist mit einem dicken Mercedes vorgefahren. Das ist noch nie dagewesen. Andere Besucher haben höchstens einen großen Opel. Ich kenne das von meinen Schwiegersöhnen.",

„Sie meinen also?"

„Jawohl, ich meine, die Klarus macht ein bißchen viel daher mit diesem Baron. Als ob der nicht den Weg alleine finden könnte!"

„Frau Dürschke, Sie haben eben keinen Blick für

das Notwendige. So ein Baron, das müssen Sie bedenken", sagte Herr Vogel, „der hat Beziehungen. Wir von der Justiz wissen Bescheid. Der Mann hat Geld – Besitz – Land – Bauland. Das ist heutzutage sehr teuer und rar. Obwohl sich der Adel nicht mehr so gut steht wie zu Wilhelms Zeiten, hat dieser Baron von Krüger noch immer mehr als Sie und ich. So etwas muß man ausnutzen. Titel und Mittel muß man hofieren, und das tut Frau Klarus."

„Das verstehe ich nicht. Was haben wir davon?" fragte Frau Dürschke.

„Das ist so", wandte sich Herr Vogel an die Gruppe, die sich um ihn geschart hatte. „Der Baron von Krüger ist so etwas wie ein Mäzen. Wissen Sie, was ein Mäzen ist? Das ist ein reicher, freigebiger Mann, ein Kunstfreund oder ein Menschenfreund, der für allerlei gute Zwecke Geld gibt, so auch zum Bau dieses Hauses. Außerdem hat er das Bauland billig zur Verfügung gestellt."

„Na und?"

„Verstehen Sie immer noch nicht, Frau Dürschke? So einen Mann muß man sich warmhalten. Vielleicht will man das Haus einmal erweitern, oder es soll etwas Besonderes angeschafft werden. Da muß man eventuell an den Herrn Baron herantreten, weil zu solchen Dingen die Mittel fehlen. Verstehen Sie jetzt?"

„Woher wissen Sie das?"

„Tja – man hat so seine Verbindungen zu gewissen Leuten. Der Sohn meines Freundes ist auf dem Bauaufsichtsamt tätig. Er hat auch Einblicke in die Vergabe von Baugenehmigungen und so weiter. Ich sollte darüber eigentlich nicht sprechen, finde jedoch, daß es zur Klärung der Situation nötig ist."

„Aha, darum wird die Baronin bevorzugt. Nun macht mir keiner mehr weiß, daß sie einfach Frau Donath heißt."

„Sie kann mit dem Baron verwandt sein und trotzdem Donath heißen. Sie war ja verheiratet und hat dadurch ihren Mädchennamen nicht mehr", meinte Meta.

Herr Vogel wiegte den Kopf.

„Soviel ich gehört habe, ist sie nicht mit dem Baron verwandt. Sie hat dort im Haus gewohnt. Mehr möchte ich nicht sagen."

„Sie können einen auf die Folter spannen. Rücken Sie nur heraus mit der Sprache, Herr Vogel."

„Ich habe eigentlich schon zuviel gesagt, Frau Dürschke. Mehr – nein!" Er zog seine Pfeife hervor und ging ins Raucherzimmer.

„Haha, er weiß nicht mehr, sonst würde er nur zu gern mit allem angeben, was er erfahren hat. Als ob gerade ihm der Mann vom Bauamt erzählt, wie das mit dem Baron und dem Haus hier zusammenhängt."

Während man unten im Salon den Erklärungen des Inspektors lauschte, saß der Baron im ersten Stock bei Frau Donath.

„Sie sind munter und vergnügt, liebe Gwendolin, wie nicht anders zu erwarten war", sagte er nach herzlicher Begrüßung.

„Warum sollte ich es nicht sein, Herr von Krüger?"

„Die Umstellung ist in Ihrem Alter nicht so einfach. Sie scheinen sich gut eingelebt zu haben. Wir aber vermissen Sie noch jeden Tag sehr, vor allem Ralf."

„Er ist nun schon acht Jahre alt und braucht die alte Gwendolin nicht mehr. So sehr er an mir hing, er hat jetzt andere Interessen als meine Geschichten von Göttern und Helden der Antike, und auch für sein inneres Wachstum ist gesorgt. Hat er doch einen Vater und eine Mutter, und nicht zuletzt einen Großvater, die mit ihm beten und ihm Gottes Wort nahebringen. Hilfe bei den Schularbeiten braucht er auch nicht. Er reitet und schwimmt, spielt Fußball mit seinen Kameraden oder liest stundenlang. Nein, Ralf braucht die alte Gwendolin nicht mehr."

„Sie haben gewiß schon einige Bekanntschaften hier im Haus gemacht."

„Ja, ich sitze mit einigen netten Damen zusammen am Mittagstisch und bekomme auch Besuch von den Frauen im Haus. Sie können ganz beruhigt sein, Langeweile habe ich nicht."

„Ich glaube, auch wenn Sie mutterseelenallein auf einer einsamen Insel lebten, würden Sie keine Langeweile bekommen."

„Ich würde vielleicht Binsenkörbe flechten", sagte Gwendolin lachend.

„Und doch mache ich mir Vorwürfe, daß ich Ihrem Drängen nachgegeben habe und hier einen Platz für Sie reservieren ließ."

„Machen Sie sich meinetwegen keine Gedanken und schon gar keine Vorwürfe. Ich habe es nicht anders gewollt, ja, ich habe es mir gewünscht, obwohl – besser, weil ich wußte, daß man mich in Ihrem Hause bis zu meiner letzten Stunde pflegen würde."

„Es ist mir bis heute unverständlich, warum Sie unbedingt ins Heim wollten. Wir stehen so tief in Ihrer Schuld."

„Bitte, Herr von Krüger, sprechen Sie nicht immer wieder davon. Ich möchte es nicht mehr hören. Das ist ja gerade der Grund, weshalb ich nicht in Ihrem Hause geblieben bin. Bitte, lassen Sie mich ausreden. Jetzt, wo ich hier bin, kann ich es Ihnen sagen: Dieses, dem anderen etwas schuldig sein, sich verpflichtet fühlen, sozusagen lebenslang seinen Dank unter Beweis stellen zu müssen, kann mit der Zeit zu einer unerträglichen Last werden. Ja, es besteht die Gefahr, daß aus Liebe und Zuneigung Überdruß und Ablehnung werden."

„Gwendolin!"

„Ja ja, Herr Baron, glauben Sie mir! Ich habe seit jenem Ereignis in schlaflosen Nächten viele stille Stunden gehabt. Da ist mir klar geworden, daß wir kein Recht haben, unsere Mitmenschen zeitlebens mit einer Verpflichtung zu belasten, die nur in ihrer Einbildung besteht. Ich habe meinen Lohn! Es ist die Freude, Ralf gesund heranwachsen und fröhlich herumtollen zu sehen. Welch großer Lohn für etwas, das ich nur mit Gottes Hilfe tun konnte. Gott hat mir in den kritischen Augenblicken den rechten Gedanken und auch die Kraft gegeben. Darüber hinaus war Gott so barmherzig, mich mit dem Leben davonkommen zu lassen. Wenn wir zu danken haben, Sie, Ihre Familie und ich, dann haben wir unserm

Gott zu danken. Dieser Dank ist nicht wie eine menschliche Verpflichtung eine Last, sondern eine Lust."

„Gwendolin, wie können wir jemals vergessen, was Sie erst an meinem Sohn und nun an meinem Enkel getan haben! Leben und Gesundheit –"

„Das ist es ja eben, Herr von Krüger", unterbrach ihn Gwendolin, „Sie können es um so weniger vergessen, wenn Sie mich täglich sehen würden. Das wollte ich nicht. Ich habe ernstlich darum gebetet, schon ehe der Plan mit diesem Haus erörtert wurde, Gott möge mir einen Platz geben, an dem ich für den Rest meiner Tage niemandem zur Last liege und wo ich vielleicht noch etwas für Jesus tun kann."

„Ich weiß es. Darum habe ich mich bemüht, Ihnen diesen Platz zu sichern und hoffe, daß Sie sich hier wohlfühlen."

„Schon als ich einzog, habe ich Ihnen gesagt, wie gut mir das Zimmer gefällt. Es ist so behaglich, und der Blick in den Park erfreut mich jeden Tag aufs neue. Ich glaube, man beneidet mich sogar um das schöne Zimmer."

„Man beneidet Sie?" fragte der Baron mit einem Blick auf die gelähmten Beine.

„Gewiß nicht alle."

„Man hat sie hoffentlich nicht gekränkt oder gar beleidigt?"

„Machen Sie sich keine Gedanken. So schnell bin ich nicht beleidigt."

„Sie wissen, daß Sie jederzeit zu uns zurückkehren können."

„Das zu wissen, ist schon wie eine Rückversicherung. Aber die brauche ich gar nicht. Ich glaube sogar, es gibt hier einiges für mich zu tun. Ich sehe Möglichkeiten, trotz meiner Behinderung und Unzulänglichkeit anderen zu helfen."

„Sie denken immer nur an andere, nie an sich."

„Ach was, ein Stück gesunder Egoismus steckt in einem jeden von uns. Wenn ich andern helfe, ist mir selber auch geholfen."

„Das sagen Sie, an den Rollstuhl gefesselt! Sie wollen andern helfen und dienen, statt daß man Ihnen dient."

„Ich kann noch etwas tun. Das ist eine große Gnade. Vielleicht hat mir Gott gerade dieses Leiden gegeben, damit ich einen Dienst tun kann, den ich mit gesunden Gliedern nie getan hätte."

„Ja, wer wie Sie, liebe Gwendolin, alles aus Gottes Händen nimmt, ein Liebes und ein Leides – wie Mörike sagt –, der ist wahrhaft glücklich! Sie wissen, ich bin gläubig, aber ich kann mich nicht wie Sie mit allem, was ich bin und habe, unter Gottes Führung stellen."

Der Baron schaute auf das Häufchen Elend nieder, das da vor ihm mit einem stillen Leuchten in den Augen im Rollstuhl saß.

Er sagte: „Ich wünschte, ich könnte mehr für Sie tun, als diesen Alterssitz für Sie zu sichern."

Gwendolin wußte, sie mußte es diplomatisch anfangen, wenn sie die Frauen zu einer Handarbeits- und Bastelstunde anregen wollte. So tat sie es dann auch.

Sie erschien an einem der nächsten Tage nachmittags am Kaffeetisch im Eßsaal. Diese Mahlzeit war zwanglos. Selten waren alle Hausbewohner anwesend. Einige gingen spazieren, andere machten Besuche oder gingen in die Stadt.

Diesmal war der Saal gut besetzt. Es lag am Wetter. Draußen stürmte und regnete es, ein Wetter, bei dem man keinen Hund aus dem Haus jagen mochte, wie man so sagt.

Gwendolin hatte mit Bedacht diesen Nachmittag gewählt, um ihren Plan zu verwirklichen.

Alle sahen zu ihr hin, wie sie mit ihrem „Zimmerauto" – so nannte sie selbst scherzhaft ihren Wagen – zur Essensausgabe rollte, sich ein Kännchen Tee und das Gebäck geben ließ und sich entschieden wehrte, bedient zu werden.

„Susanne, ich werde Ihnen zeigen, wie schön ich ohne Hilfe an meinen Platz gelange. Stellen Sie mir nur alles auf ein Tablett."

„Aber ich will es Ihnen gern an Ihren Tisch tragen, Frau Donath!"

„Ich weiß, Susanne, aber ich habe nun mal den Ehrgeiz, es selber zu tun."

Sie wehrte auch Frau Heim und Frau Hensel, die diensteifrig herbeikamen.

Als man gegessen und getrunken hatte, und Fräulein Ehlert das Geschirr zusammenstellte, sagte sie: „Ich habe mein Strickzeug bei mir. Wo setzen wir uns am besten hin?"

„Im Salon sind wir gut aufgehoben, wenn Sie nicht in Ihr Zimmer wollen", antwortete Fräulein Ehlert. „Beim Fernsehen können Sie nicht so gut stricken. Es stört auch, wenn man sich unterhält."

Im Salon hatten sich bereits einige Frauen in Gruppen zusammengefunden. Gwendolin hatte den Eindruck, daß es auch hier wie beim Essen eine bestimmte Sitzordnung gab. Schon waren die Spiele im Gange, Karten wurden gemischt und Spielsteine aufgestellt.

Gwendolin holte ihr Strickzeug hervor und begann zu arbeiten.

„Was soll das werden?" fragte Frau Heim. „Ich habe früher viel Handarbeiten gemacht. Aber nur handarbeiten, um etwas zu tun, finde ich sinnlos."

Frau Dürschke, die Gwendolin in den Salon hatte fahren sehen, kam herein und blickte mit hängenden Mundwinkeln auf die rührigen Hände der Gelähmten.

Gwendolin antwortete Frau Heim: „Wir haben im Frauenkreis unserer Gemeinde für Kinder im Waisenhaus gestrickt. Man ist dort dankbar für jedes Höschen und Jäckchen. Auf diese Art hat das Stricken einen Sinn."

Frau Dürschke, die sich keine Gelegenheit entgehen ließ, dagegen zu sein, sagte: „Das könnte mir gerade noch einfallen, mich für fremde Blagen zu schinden."

„Schinden nennen Sie das?" sagte Frau Heim. „Es macht Spaß, mal etwas Vernünftiges zu tun. Ich werde mir Garn besorgen, das heißt, wenn Sie meine Hilfe annehmen, Frau Donath."

Man schaute von einem Spieltisch herüber. Jemand sagte: „Das ist doch mal was anderes, als immer nur ‚Mensch ärgere dich nicht' zu spielen. Ich verliere sowieso immer."

„Ich kann wegen meines Rheumas leider nicht stricken, sonst würde ich gern mitmachen", erklärte eine andere Frau.

So schnellen Erfolg hatte Gwendolin gar nicht erwartet.

„Wenn es Ihnen Spaß macht, können Sie mir demnächst helfen, Strohsterne für Weihnachten zu basteln."

Drei, vier Frauen, die in der anderen Ecke des Salons ihren Platz hatten, kamen langsam heran. Hier war eine Gelegenheit, mit der „Baronin" näheren Kontakt zu bekommen.

Frau Dürschke meinte: „Weihnachten, das ist noch lange hin."

„Ich fange mit den Weihnachtsarbeiten immer beizeiten an, weil ich dafür eine Menge dankbarer Abnehmer habe."

„Wenn Sie gut bezahlen, mache ich mit. Umsonst ist der Tod."

„Allerdings, Frau Dürschke, darum sollten wir das Leben nützen."

Frau Dürschke warf den Kopf zurück und sagte im Hinausgehen: „Na, denn nützen Sie's mal schön!"

Niemand bedauerte ihr Verschwinden.

„Wie schnell Sie stricken", wunderte sich Fräulein Ehlert. „Ich kann nur zwei rechts, zwei links, und am Ende wird daraus immer nur ein schiefer Topflappen."

„Ich halte Sie für intelligent genug, auch etwas anderes zustande zu bringen. Man muß es Ihnen nur zeigen. Es käme auf einen Versuch an."

„Meinen Sie wirklich, daß es sich lohnt?"

„Gewiß, ich habe Wollreste, mit denen können Sie es probieren."

„Wenn man weiß wofür, macht man sich gern an die Arbeit", sagte Frau Heim.

Das Gespräch drehte sich die nächste halbe Stunde nur ums Stricken. Eine Gruppe Neugieriger stand um Gwendolins Stuhl herum. Alle wußten zu diesem Thema etwas zu sagen. Gwendolin erbot sich, Wolle zu beschaffen, wenn man ihr helfen wolle, für das Waisenhaus zu stricken. Aus dem Gerede schloß sie, daß man zwar gern etwas tun wollte, aber die Kosten scheute. Sie wußte, ein Wort würde genügen, und der Baron schaffte soviel Wolle herbei, wie sie haben wollte.

„Ja, wenn Sie mir Wolle geben, stricken will ich gern", erklärte Meta Hellwich, die sich ihrer Freundin nicht angeschlossen hatte.

Nach dem Abendessen machte sich Frau Quandt an Gwendolins Rollstuhl heran. Sie merkte, daß die Frau ein Anliegen hatte und sprach sie an: „Sind Sie nicht Frau Quandt? Ich kenne noch nicht alle Namen, das müssen Sie schon entschuldigen."

„Das macht doch nichts, Frau Baronin", erwiderte bescheiden Frau Quandt.

„Nein, nein, sagen Sie das bitte nicht, ich bin ganz einfach Frau Donath."

„Es ist – ich meine – wegen der Strickerei . . ."

„Möchten Sie mithelfen? Das wäre schön."

„Ach, eigentlich wollte ich für meinen Urenkel – ich habe schon angefangen –"

Der Saal hatte sich geleert. Maya und Susanne räumten das letzte Geschirr fort. Langsam fuhr

Gwendolin auf den Flur hinaus. Hier hielt sie ihren Wagen an.

„Sagen Sie mir bitte, was Sie auf dem Herzen haben, Frau Quandt. Wenn ich kann, will ich Ihnen gern helfen."

„Eben – wenn Sie mir helfen könnten – ich komme allein nicht zurecht. Früher habe ich Pullover gestrickt und Jacken. Jetzt muß ich immer wieder alles aufribbeln."

„Nun, dem wird abzuhelfen sein. Bringen Sie morgen Ihre Arbeit mit in den Salon, da werde ich sehen, was sich machen läßt."

„Ach, ich geniere mich so, wenn dann alle drumherumstehen. Ich weiß auch nicht, wie es kommt, daß ich mich jetzt so dumm anstelle, früher war das nicht der Fall."

„Wenn Sie weiter keine Sorgen haben, Frau Quandt, das läßt sich ändern. Kommen Sie einfach morgen in mein Zimmer, Nummer vierzehn, das wissen Sie wohl. Da haben wir keine Zuschauer."

„Sie sind so nett, Frau Baronin – ach nein, verzeihen Sie, Frau Donath."

„Das ist doch selbstverständlich und macht mir Freude. Wir sind hier alle mehr oder weniger aufeinander angewiesen."

Schon bald nach dem Frühstück, es war noch nicht zehn Uhr, klopfte Frau Quandt bei Frau Donath an. Wie jeder, der in ihr Zimmer trat, blieb auch sie einen Augenblick überrascht an der Tür stehen.

„Oh, ich komme zu früh", sagte sie.

Ihr Blick fiel beim Schweifen durch das Zimmer

auf die Bibel, die aufgeschlagen vor Gwendolin lag.

„Kommen Sie nur herein, Frau Quandt, und nehmen Sie Platz."

„Schön haben Sie's hier. Da kann man es wohl aushalten."

„Können Sie es hier im Hause nicht aushalten?"

„Man muß zufrieden sein, Frau Donath."

„Das klingt so, als wären Sie gar nicht recht zufrieden."

„Nicht, daß ich neidisch wäre. Sie sind ja viel schlimmer dran als ich. Es wäre nur schön, wenn man ein Zimmer für sich allein hätte. Aber das geht nun mal nicht. Das kostet zuviel. Ich muß schon froh sein, hier eine Bleibe gefunden zu haben, wenn ich mich manchmal auch abgeschoben fühle. Ich weiß nicht, ob es Ihnen auch so geht."

„Nein, mir geht es durchaus nicht so. Im Gegenteil, ich habe solange darum gebeten, mich in einem Heim unterzubringen, bis man diesen Wunsch berücksichtigt hat. Ich hatte das Gefühl, meinen Mitmenschen auf die Dauer zur Last zu fallen."

„Ich will den jungen Leuten ja auch nicht zur Last fallen, glaube aber, sie hätten meine Hilfe noch gebrauchen können. Wenn ich auch alt bin, so hätte ich doch noch manches tun können."

„Sie haben Kinder?"

„Nein, ich hatte nur einen Sohn. Er ist gefallen. Mein Mann und ich haben unser Enkelkind zu uns genommen, weil die Frau unseres Sohnes mit einem Mann zusammenlebte – Onkelehe, wissen Sie."

„Onkelehe? Das habe ich noch nie gehört."

„Das glaube ich – eine Dame wie Sie! Man sagt

so, wenn zwei wie Eheleute zusammenleben, aber nicht heiraten, damit ihnen die Rente nicht verlorengeht. Mein Mann ist schon lange tot. Mein Enkel, Gerhard, war immer sehr anhänglich. Aber als er dann das Mädchen kennenlernte ..."

Frau Quandt zuckte die Achseln und schwieg.

„Als er das Mädchen kennenlernte ...", nahm Gwendolin den Faden des Gespräches auf.

„Ich weiß nicht, ob heute alle jungen Frauen so sind. Sie haben geheiratet, und seitdem wurde alles anders. Ich nahm die jungen Leute in meine Wohnung auf. Es war sehr eng. Ich schlief im Wohnzimmer auf der Couch und überließ den Kindern das Schlafzimmer. Die junge Frau ging weiter arbeiten. Sie sparten für eine größere Wohnung und für Möbel. Das ist heute nun mal so. Ich habe gekocht und alles in Ordnung gehalten."

Frau Quandt hatte langsam gesprochen, so, als müsse sie jedes Wort überlegen. Nun aber schien ihre Zunge gelöst zu sein, und sie redete, als läse sie alles von einem Blatt ab.

„Ich merkte bald, daß sie es auf meine Wohnung abgesehen hatte. Das sagte sie zwar nicht, aber sie machte entsprechende Bemerkungen. ‚Man kann sich kaum bewegen in der Wohnung', sagte sie. ‚Wir müssen noch einen Schrank aufstellen, aber hier ist ja kein Platz', sagte sie. ‚Alte Leute haben eine Wohnung, aber für uns junge Leute gibt es keine', sagte sie. So ging das Tag für Tag. Wenn Gerhard das hörte, meinte er, sie solle ein wenig Geduld haben. Erst müsse man das Geld für die Möbel zusammensparen, dann würde sich auch eine Wohnung finden.

Er ist nämlich sehr genau mit dem Geld. Schulden machen, das gibt es bei ihm nicht."

„Das ist sehr schön und ganz in Ordnung."

„Mit der jungen Frau war das anders. Immer lieh sie sich von mir Geld, das ich nie zurückbekam. Ich zahlte und rechnete mit dem Essen nie genau ab. Ich kochte für die jungen Leute mit. Einmal sprach sie von einem Kleid, das sie gern haben wollte, aber ihr Geld langte dafür nicht. Was tut man da, um Frieden zu haben? Man gibt. Sie frühstückten morgens allein in der Küche. Ich merkte, sie wollte mich nicht gern dabeihaben; denn sie sagte, ich brauchte nicht so zeitig aufzustehen. Abends gingen sie oft spazieren, nur weil sie mich nicht bei sich haben wollten. Bei schlechtem Wetter saßen sie in der Küche, wenn ich im Zimmer war, oder sie zogen sich ins Zimmer zurück, wenn ich zu ihnen in die Küche kam. Das alles war so unangenehm. Können Sie sich vorstellen, wie das ist, wenn man zu spüren bekommt, daß man dem andern lästig ist?"

„Was sagte denn ihr Enkel dazu?" fragte Gwendolin, ohne auf die Frage einzugehen.

„Gerhard? Der merkte das wahrscheinlich nicht. Von dem Geld hat er bestimmt nichts gewußt. Vielleicht hätte er zu mir gehalten, wenn ich mich beklagt hätte, vielleicht auch nicht. Ich dachte, lieber nichts sagen, als den Jungen unglücklich machen. Ich habe dann gesagt, wenn ich in ein Altersheim ginge, hätten sie genug Platz in meiner Wohnung. Irmgard, die junge Frau, wurde böse und fragte, wer das bezahlen solle. Meine Rente reicht nämlich nicht für das Heim. Schließlich hat sie sich auf dem Amt erkundigt, ob Gerhard für mich bezahlen müsse. Als sie erfuhr, daß das nicht der Fall sei, hatte sie es mit einem Male sehr eilig, mich in ein Heim abzuschieben – anders kann ich es nicht nennen. Sie schickte mir eine Schwester von der Stadt oder vom Sozialamt auf den Hals. Von der erfuhr ich, daß Irmgard ein Kind erwartete. Die Schwester hat dann alles in die Wege geleitet, und ich habe zu allem ja gesagt. So bekam ich hier den Heimplatz."

„Im Grunde genommen können Sie mit dieser Lösung doch zufrieden sein!"

„Man hat, was man braucht, Frau Donath, und ist den Kindern nicht im Wege. Das ist die Hauptsache. Sie kommen auch ab und zu und besuchen mich. Aber manchmal ist es doch schwer. Wenn man seine eigene Wohnung gehabt hat und nie mit einem Fremden das Zimmer teilen mußte ..."

Gwendolin spürte, daß die Frau noch mit etwas zurückhielt.

„Sie dürfen mir alles anvertrauen, Frau Quandt. Was hier im Zimmer gesprochen wird, bleibt in meinem Herzen verwahrt."

„Ich kann es Gerhard nicht sagen und auch sonst niemand."

„Das ist schlimm, wenn man niemanden hat, bei dem man sich aussprechen kann. Alles wird leichter, wenn jemand unsere Lasten mit uns trägt."

„Ja, das ist wahr."

Gwendolin schwieg und ließ der Frau Zeit. Es dauerte eine Weile, ehe diese schüchtern und verhalten wieder begann: „Also, Frau Loeber, die mit in meinem Zimmer wohnt ..."

Pause.

Wie ein Häufchen Unglück saß Frau Quandt da.

„Frau Loeber? Ich kenne die Leute noch so wenig.“

„Sie sitzt am Fenster, am Tisch von Herrn und Frau Korn.“

„Ist das der mit der Pfeife?“

„Nein, das ist Herr Vogel, Herr Korn raucht Zigarren. Frau Loeber hat immer eine Perlenkette um, wenn Sie das vielleicht bemerkt haben. Sie sagt, ich schnarche, und macht mitten in der Nacht das Licht an und weckt mich. Sie kann nicht schlafen, sagt sie, weil ich schnarche. Dabei schnarcht sie selber. Man weiß das von sich selber nicht und kann auch nichts dafür. Wenn ich sage ‚Sie schnarchen auch‘, dann wird sie komisch, fängt an zu weinen und behauptet, in ihrem ganzen Leben noch nicht geschnarcht zu haben. Oft will sie das Fenster offen haben, wenn es mir kalt ist. Wenn ich es aber mal öffne, jammert sie, es sei so kalt, ob ich ihr eine Lungenentzündung wünschte. Sie redet dann lauter dummes Zeug: ‚Denken Sie etwa, Sie bekommen das Zimmer für sich allein, wenn ich tot bin?‘ Oder: ‚Wer weiß, wen Sie nach mir ins Zimmer kriegen! Vielleicht jemand, der sich nicht wie ich alles gefallen läßt!‘ Es ist eigentlich zum Lachen, aber wenn man nie etwas recht macht... Zum Beispiel mit dem Sessel. Ich habe einen von Zuhause mitgebracht. Man will doch auch mal gemütlich sitzen. Aber kaum habe ich mich hingesetzt, fängt sie an zu betteln: ‚Ach, darf ich ein bißchen im Sessel sitzen? Ich hab's so im Rücken.‘ Na, da lasse ich ihr den Sessel und setze mich auf den Stuhl. Jetzt, da ich es Ihnen erzähle, kommt es mir so albern vor. Ich möchte am liebsten immer ganz still sitzen und nichts sagen oder tun, damit Frau Loeber keinen Grund hat, an einem herumzunörgeln. Aber das wäre dann auch wieder nicht recht. Beim Stricken stört sie das Klappern der Nadeln. Dabei klappern die Nadeln aus Kunststoff kaum noch."

„Gehen Sie ihr doch aus dem Wege und setzen Sie sich in den Salon."

„Ach, wenn ich das tue, dann jammert sie und weint, ich ließe sie allein, gerade wenn sie Kopfschmerzen hätte und nicht mit nach unten könne. Ich habe vor ihr nur Ruhe, wenn es ihr mal einfällt, in die Stadt oder zu ihrer Tochter zu fahren. Immer findet sie etwas, womit sie mich quält. Aber was müssen Sie von mir nur denken, Frau Baronin – Verzeihung – Frau Donath! Ich will ja Frau Loeber nicht schlecht machen, aber es mußte einmal heraus."

„Das verstehe ich sehr gut. Soll ich einmal mit Frau Klarus darüber sprechen?"

„Nein, bitte tun Sie das nicht! Ich habe es Ihnen nicht erzählt, um zu klatschen."

„Ich würde es schon diplomatisch anfangen. Frau Loeber muß jemand ins Zimmer bekommen, der ihr gewachsen ist."

„Ach, lassen Sie nur! Sie ist ja nicht etwa böse, so wie Frau Dürschke, die alles mies macht. Sie ist – ich meine, Frau Loeber ist – ich weiß auch nicht, wie ich es nennen soll. Sie sagt oft, sie hätte im Leben so viel Schweres durchgemacht."

„Das haben mehr oder weniger alle hier im Haus. Wer hat wohl in seinem langen Leben nichts durchmachen müssen? Es ist nur sehr verschieden, wie der einzelne damit fertig geworden ist. Frau Dürschke und Frau Loeber sind, wie mir scheint, damit nicht gut fertig geworden."

„Sie haben bestimmt mehr durchgemacht als alle anderen hier – das mit Ihren Beinen, aber Sie sind so gut und freundlich – und fromm, nicht wahr?"

Frau Quandt sagte es mit einem Blick auf die Bibel, die noch immer aufgeschlagen auf dem Tische lag.

„Sie meinen, weil ich die Bibel lese?"

Frau Quandt nickte.

„Meine Eltern waren auch fromme Menschen. Wir haben zu Hause immer in der Bibel gelesen und gebetet. Mein Mann war aber nicht dafür."

„Und Sie haben sich nach Ihrem Mann gerichtet?"

„Ja, was will man machen, wenn man Frieden haben will? Man hält den Mund. Er war ein guter Mann, das kann ich nicht anders sagen. Immer arbeiten und ordentlich. Er hat kein Geld in die Wirtschaften getragen. Trotzdem – ich hätte ihn nicht heiraten sollen. Mein Vater war dagegen und meine Mutter sehr traurig darüber."

„Haben Sie nicht gewußt, wie wichtig es ist, im Glauben eines Sinnes zu sein, wenn man heiratet?"

„Wenn man jung ist, denkt man, die Liebe genügt. Was man so Liebe nennt. Ich kann es nun ja auch nicht mehr ändern. Man muß zufrieden sein."

„Es gibt etwas, das mehr ist als Zufriedenheit."

„Hm – ich weiß nicht ..."

„Liebe Frau Quandt, Sie sind so sehr bemüht, mit allen Menschen Frieden zu halten. Das ist sehr schön.

Es wird Ihnen aber leichter, wenn Sie Frieden mit Gott haben."

„Das sagten meine Eltern auch oft – Frieden mit Gott."

„So haben sie Ihnen gewiß auch gesagt, wie wir zu diesem Frieden mit Gott kommen."

„Hm – Jesus."

„Wie schön! Das haben Sie also nicht vergessen!"

„Eigentlich habe ich nie mehr daran gedacht. Jetzt fällt es mir nur ein, weil Sie davon sprechen. Aber nun will ich gehen. Ich habe Sie schon viel zu lange aufgehalten."

„Haben wir hier im Hause nicht Zeit genug, uns aufhalten zu lassen? Sie kamen ja eigentlich wegen Ihrer Strickarbeit. Das andere jedoch war wichtiger. Das Stricken können wir nachholen. Ich mache Ihnen einen Vorschlag: Kommen Sie doch jeden Morgen um zehn Uhr zu mir. Dann halten wir zusammen eine kleine Andacht, so wie es Ihre Eltern wohl auch gemacht haben. Anschließend nehmen wir Ihre Handarbeit vor. Wie wäre das?"

„Wenn ich Sie nicht störe?"

„Nein, im Gegenteil. Ich bin froh, jemand gefunden zu haben, mit dem ich zusammen lesen und beten kann."

„Ich komme gern. Vormittags läßt mich Frau Loeber auch gehen. Wenn unser Zimmer saubergemacht ist, will sie immer noch ein Weilchen schlafen. Sie sitzt dann in meinem Sessel, und ich darf kein Wort sagen, sonst fängt sie gleich an zu jammern. Da verdrücke ich mich jedesmal, sobald sie eingenickt ist."

„Na also! Jetzt wissen Sie, wo Sie bleiben können, wenn Sie Ihre Zimmergenossin nicht stören wollen."

Der Gong rief zum Mittagessen.

„Wie schnell der Vormittag vergangen ist! Gehen wir hinunter. Ich freue mich auf morgen."

Gwendolin Donath rollte zur Tür und ließ zu, daß Frau Quandt ihr öffnete und hinter ihr die Tür auch wieder schloß.

„Vielen Dank, Frau Baronin – ach nein, Frau Donath!"

Von Tag zu Tag hatte Gwendolin es aufgeschoben, in einem der ‚stillen Zimmer' einen Besuch zu machen. Sie konnte sich nicht freisprechen von einer gewissen inneren Abwehr gegen den Anblick völliger Hilflosigkeit. Sie verstand Fräulein Ehlert nur zu gut, die dem nicht gegenübergestellt sein mochte, was ihr selber vielleicht bevorstand.

Am Morgen hatte Gwendolin Matthäus 25 gelesen. Bei den Versen 35 und 36 war es ihr wie ein unüberhörbarer Anruf gewesen: „... ich bin krank gewesen, und ihr habt mich besucht, ich bin gefangen gewesen, und ihr seid zu mir gekommen ..."

Waren die Leutchen in den ‚stillen Zimmern' nicht krank und gefangen? Sie bemühte sich, denen zu helfen, die noch etwas tun konnten, aber jene ganz Hilflosen hatte sie bisher im Stich gelassen. Ob sie deren Herz und Sinne noch erreichen konnte, blieb dahingestellt, das würde sich zeigen. Sie beschloß, noch am gleichen Tag dem Ruf zu folgen, den sie so deutlich vernommen hatte.

Noch war Mittagsruhe und alles still im Haus, als

Gwendolin im ersten der „stillen Zimmer“ mit ihren Besuchen begann. Drei Betten standen dort. Nur ein Gesicht wandte sich ihr zu, die beiden anderen Frauen lagen still mit geschlossenen Augen.

„Ich wollte Ihnen eine kleine Freude bereiten“, begann Gwendolin leise und rollte an das Bett der Frau, die aufgesehen hatte.

„Gibt es bald Kaffee?“

Gwendolin erschrak fast bei dieser Frage. Sagte sie ihr doch allzudeutlich, wonach diese Frau am meisten verlangte. Sie konnte nichts anderes tun, als den billigsten Trost anbieten, und das tat sie auch: „Die Schwester kommt gleich mit dem Kaffee.“

Die Alte in den Kissen schüttelte den Kopf.

„Sie bringt keinen Kaffee, keinen richtigen. Ich will richtigen Kaffee haben.“

„Vielleicht dürfen Sie gar keinen richtigen Kaffee trinken.“

Die Frau streckte ihren dürren Arm aus und zerrte an Gwendolins Ärmel.

„Wanda bringt mir welchen. Sagen Sie Wanda, sie soll kommen. Sie hat richtigen Kaffee in der Flasche. Die Schwester – bäh – die hat nur so eine Plörre, keinen Kaffee.“

Gwendolin war ratlos. Was sollte sie dazu sagen? Was konnte einem so alten und hilflosen Menschen schon eine Tasse guten Kaffees schaden? Wanda – wer mochte diese Wanda sein?

„Kommt Wanda oft mit Kaffee zu Ihnen?“

„Morgen – morgen kommt sie. Immer nachts, wenn die andern schlafen. Die Schwester darf es nicht wissen.“

Ob die Frau nicht mehr klar denken konnte? Wie alt mochte sie sein?

Jetzt regte sich die Frau im zweiten Bett.

„Das dunkle Tal – kein Unglück – sag's doch, Anni, warum kommst du nicht? Ich – krieg's – nicht – mehr – zusammen –"

Gwendolin atmete auf. Hier konnte sie helfen.

Sie rollte an das andere Bett und sagte langsam und deutlich den 23. Psalm. Mit geschlossenen Augen lauschte die Alte. Ein Lächeln verklärte das runzlige Gesicht. Sie nickte in einem fort. „Noch einmal, Anni – schön – so schön – das dunkle Tal – bald –"

Gwendolin versagte schier die Stimme, als sie zum zweiten Mal den Psalm sprach. Nun waren die Augen der Frau offen und hingen an ihren Lippen.

Die Frau im ersten Bett begann wieder zu sprechen: „Kaffee, guten, echten – und Pflaumenkuchen. Wenn Wanda nur den Hund nicht von der Leine läßt! Er jagt alle Katzen. Kätzchen sind so niedlich. Milch – Kätzchen bekommen Milch. Ich will Kaffee ..."

„Jetzt fängt sie wieder mit ihrem Kaffee an. So geht das den ganzen Tag", sagte nun die Frau im dritten Bett. „Wer sind Sie überhaupt? Was wollen Sie hier?"

„Ich heiße Gwendolin Donath und wollte sie besuchen. Kann ich etwas für Sie tun?"

„... 'ne Tablette, schlafen und nicht mehr aufwachen."

Gwendolin spürte einen Knoten im Hals. Mit einem Male verstand sie, warum niemand von den

‚stillen Zimmern' sprach. Ahnten oder wußten sie alle um diese letzte Station? Wer war besser dran? Die Frau, die nach Kaffee gierte oder diese hier, die nur eine Tablette haben wollte, um nie mehr aufzuwachen? Beide lagen sie zusammen mit der Frau, die sich den 23. Psalm wünschte, aber sie schienen davon nichts mehr zu begreifen. Eine große Angst überfiel Gwendolin. Was würde sie plappern, wenn einmal der Verstand aussetzte? Sie fühlte sich plötzlich so elend und hilflos, daß sie nicht länger zu bleiben vermochte. Das mußte sie erst in der Stille verarbeiten.

„Ich komme gelegentlich wieder", sagte sie und rollte zur Tür, wurde dann aber doch noch aufgehalten.

„Warum fahren Sie mit dem Wagen herum?"

„Ich habe kranke Beine und kann nicht mehr laufen."

„Dann legen Sie sich doch ins Bett. Aber da kriegen Sie keinen Kaffee, keinen richtigen. Nur Wanda bringt mir welchen. Ich möchte auch so herumfahren. Das muß schön sein."

„Ich will versuchen, Ihnen Kaffee zu bringen, richtigen Kaffee. Auf Wiedersehen!"

Draußen auf dem Flur hielt Gwendolin inne.

Mußte so die letzte Station aussehen? Was für ein Ende! Aber da war ja der leise Trost schon bereit – eine hatte nach dem 23. Psalm gefragt. Wie sie gelächelt hatte! Es gab also doch noch etwas, das sanft hinübergeleiten würde. Ein Schimmer des ewigen Lichtes fiel auf den letzten Weg, wenn man sich diesem Licht schon anvertraut hatte, solange noch alle

Sinne beisammen waren. Schritte ließen sie aus ihren Gedanken aufschrecken. Schwester Siglinde kam den Flur entlang.

„Frau Donath, was tun Sie denn hier? Haben Sie etwa die da drinnen besucht?"

Gwendolin nickte nur.

„Da sind Sie gerade an unsere Kaffeetante geraten."

Wie konnte die Schwester nur darüber lachen! dachte Gwendolin.

„Sie hat bestimmt gleich nach Kaffee gefragt und von Wanda gesprochen."

Wieder vermochte Gwendolin nur zu nicken.

„Es ist Ihnen nahe gegangen? Sie müssen das nicht tragisch nehmen. Sie bekommt immer Kaffee, sehr guten sogar, aber sie hat keinen Geschmackssinn mehr und nennt unsern guten Kaffee Plörre. Irgendwann einmal in ihrem Leben hat eine Wanda eine bestimmte Rolle gespielt. Hier gewesen ist sie noch nie. Unsere ganz Alten bekommen kaum noch Besuch. Die Angehörigen lassen sich nur selten sehen. Wahrscheinlich, weil sie oft nicht erkannt werden oder auch, weil sie das langsame Hinsiechen nicht mit ansehen mögen."

„Wie schwer muß es für Sie sein, Schwester!"

Die Schwester lächelte.

„Es ist ein Dienst wie jeder andere an Kranken und Hilflosen. Man weiß von vornherein, daß man keinen Dank erntet. Man erwartet auch keinen. Ich habe mich gerade zu dieser Pflege gemeldet, weil ich darin meine Aufgabe sah, nachdem ich meine Mutter verloren hatte."

„Es gehört bestimmt viel Kraft dazu, diesen Alten zu dienen."

„Wem Gott ein Amt gibt, dem gibt er auch Kraft."

„Wenn Sie es so sehen, Schwester Siglinde, dann sind Sie gewiß eine gute Pflegerin."

„Ach, Frau Donath, manchmal denke ich, andere Schwestern tun ihren Dienst ohne Gott und Glauben noch viel besser als ich. Sie sind vielfach tüchtiger und leisten mehr. Operationsschwestern zum Beispiel – was die alles wissen und können müssen! Und die Schwestern in den psychiatrischen Kliniken! Es gibt größeres Elend als in unsern stillen Zimmern. Mein Wissen und Können reichen halt nicht weiter als zur Pflege der ganz Alten und Hilflosen. Manche sind dafür auch dankbar, Frau Kühn zum Beispiel. Sie hört so gern den 23. Psalm."

„Oh, das wissen Sie?"

„Mit der Zeit weiß man von jedem einzelnen, worum sich seine Gedanken drehen."

„Versuchen Sie die Gedanken der Sterbenden auf Jesus zu lenken?

„Versucht habe ich es schon oft, aber immer vergebens. Es ist, als sei die Tür zugeschlagen, die ihnen so lange offen gestanden hat. Nur selten finden die Leutchen auf dieser Station noch Frieden mit Gott. Wenn man es ihnen doch klar machen könnte, solange sie noch Zeit haben! Vielleicht fang' ich's auch verkehrt an. Vor allem darf man nicht damit beginnen, von ihrer Sünde zu sprechen. Da schalten sie ab. Sie wollen nur hören, daß sie anständige Menschen gewesen sind und sich nichts zuschulden kommen ließen."

„Das ist schlimm!"

„Manche meinen, es genüge, wenn in letzter Minute der Pastor kommt. Ich bin schon froh, wenn dazu noch Zeit bleibt. Wir wissen nicht, ob Gott sich ihrer nicht ebenso erbarmt, wie Jesus sich des Schächers am Kreuz erbarmte."

„Das ist eine niederschmetternde Bilanz, Schwester Siglinde."

„Erst ein einziges Mal habe ich erlebt, daß jemand in der Todesstunde die Schuld seines Lebens beichtete. Er hatte als junger Mensch seinen Bruder betrogen. Genaues ging aus seinen wirren Reden nicht hervor. Er war in so großer Angst und Not, daß ich gar nicht gewartet habe, bis der Pastor kam. Ich durfte diesem Mann von der Versöhnung durch Jesus sagen, und er nahm sie an. Er ist dann auch ganz ruhig gestorben, noch ehe der Geistliche kam."

„Sie machen mir Mut, Schwester. Wir dürfen einfach nicht müde werden."

„Wenn Sie wüßten, Frau Donath, wie oft ich müde geworden bin! Da tröstet mich dann immer das Wort: Laß dir an meiner Gnade genügen, denn meine Kraft ist in dem Schwachen mächtig!"

Frau Hensel fehlte am Mittagstisch.

„Ist sie krank?" fragte Gwendolin.

„Krank? Nein, was ich unter Kranksein verstehe, das ist es nicht", sagte Fräulein Ehlert. „Sie fühlt sich manchmal nicht wohl oder hat keine Lust, herunterzukommen. Das passiert ab und zu einmal. Wir kennen das schon."

„Wer kümmert sich dann um sie?"

Frau Heim wechselte einen Blick mit Fräulein Ehlert.

Gwendolin bemerkte es und sagte, da keine Antwort kam: „Man sollte sie ein wenig aufheitern, wenn sie ihren schwarzen Tag hat. Sie verstehen wohl, was ich damit meine."

„Schwarze Tage haben wir alle einmal, Frau Donath. Mir ist es dann am liebsten, wenn ich ganz in Ruhe gelassen werde", erklärte Frau Heim.

„Sie meinen, es ginge Frau Hensel ebenso?"

„Wir haben bisher mit unseren Bemühungen wenig Erfolg gehabt. Darum überläßt man sie in diesen Tagen am besten ihrem Schicksal. Nach ein paar Tagen kommt sie meist von selber wieder zu sich, es sei denn, sie hat noch einen ihrer Anfälle, dann muß der Arzt eingreifen."

„Anfälle? Was für Anfälle bekommt sie?"

„Sie werden es schon erleben, Frau Donath. Ich möchte darüber nicht sprechen."

Gwendolin fragte nicht weiter. Sie nahm sich vor, Frau Hensel in ihrem Zimmer aufzusuchen und mit ihr unter vier Augen zu sprechen. Vielleicht drückte sie irgendein Kummer, über den sie mit niemand reden mochte.

Als Frau Hensels Platz auch am nächsten Tag leer blieb, schnitt sie noch einmal das Thema an.

„Meinen Sie wirklich, man sollte Frau Hensel ihrem Schicksal überlassen, bis sie wieder auf der Bildfläche erscheint?"

Fräulein Ehlert lächelte.

„Machen Sie sich nicht zuviel Gedanken um Frau Hensel. Wir haben uns oft genug um sie bemüht,

Frau Heim und ich. Wenn sie ihre drollige Tour hat, will sie allein sein."

„Drollige Tour?"

„Ja, ich nenne das so. Auch ich habe meine Launen und Tage, in denen mir alles zuviel ist. Dann ist man verdrießlich und kann sich selber nicht leiden. Ich nenne es bei mir selber ‚drollig sein'. Das liegt wohl am Alter. Frau Hensel hat im Drolligsein große Ausdauer. Wenn Sie zu ihr gehen, was Sie wahrscheinlich vorhaben, werden Sie zu dem gleichen Ergebnis kommen. Je mehr man es jedoch beachtet, desto stärker versteift sie sich darauf und kommt sich nur noch beklagenswerter vor."

Gwendolin nickte.

„Ich verstehe. Wir Alten laufen Gefahr, in einen Altersstarrsinn zu verfallen. Das kommt mir wie ein Rückfall in das kindische Trotzalter vor."

„Sie sagen das sehr treffend." Fräulein Ehlert lachte. „Wie verhält man sich dann einem Kind gegenüber? Sie als Pädagogin müßten es besser wissen als ich."

„Ein Kind beachtet man dann nicht. So aber kann man mit einem alten Menschen nicht verfahren. Woher wissen Sie übrigens, daß es sich bei Frau Hensel nur um die sogenannte drollige Tour handelt?"

Frau Heim und Fräulein Ehlert sahen sich wieder verständnisvoll an.

„Liebste Frau Donath, bitte überzeugen Sie sich selber. Es liegt mir fern, irgend jemand zu verunglimpfen, am wenigsten die Frau, mit der wir täglich am Tisch sitzen. Beim ersten Besuch kommen

Sie vielleicht nicht dahinter. Auch wir, Frau Heim und ich, sind anfangs in Mitleid zerflossen. Wenn sich dieser drollige Zustand wiederholt, merkt man erst, was eigentlich mit ihr los ist."

„Vielleicht wissen Sie besser mit ihr umzugehen", ergänzte Frau Heim.

„Wie lange hält denn die Depression an, wie ich diese drollige Tour von Frau Hensel nennen möchte?"

„Das ist ganz verschieden, zwei, drei Tage oder auch eine ganze Woche. Überzeugen Sie sich bitte selbst. Sie können ihr gar keinen größeren Gefallen tun, als sich ihr Lamento anzuhören."

Gwendolin kam Fräulein Ehlerts Erklärung reichlich lieblos vor. Sie schob einen Besuch bei Frau Hensel nicht länger auf, sondern klopfte gleich nach der Mittagsruhe bei ihr an.

Mit leiser, klagender Stimme rief diese Herein. Sie lag angekleidet auf der Couch.

„Ach, Frau Donath, wie lieb von Ihnen, mich zu besuchen!"

„Ich habe Sie vermißt und wollte einmal sehen, wie es Ihnen geht."

„Wie soll es mir schon gehen! Immer Schmerzen. Die Beine sind's. Die Knie vor allen Dingen. Verschleiß, sagt der Arzt. Daran kann man nichts ändern."

„Sind Ihre Schmerzen heute besonders schlimm?"

„Das Wetter – oder – ach, ich weiß nicht, woran es liegt!"

„Heute ist es draußen so schön. Sie sollten sich, wenn Sie das Zimmer schon nicht verlassen können, wenigstens ans Fenster setzen. Der Wald drüben jenseits der Straße ist so herrlich bunt! Manche Blätter leuchten in der Sonne wie pures Gold."

„Ach, ich mag nichts hören und nichts sehen. – Sie sind anders. Man merkt, Sie haben sich hier schnell eingelebt. Ich komme mir zwischen all den Menschen noch immer fremd vor."

„Unter ihnen sind doch einige recht liebenswürdig. Mir fiel es nicht schwer, mich einzuleben, und es gefällt mir hier."

„Nach so kurzer Zeit können Sie noch gar nicht sagen, ob es Ihnen wirklich gefällt."

„Wenn man innerlich bereit ist, die Dinge anzunehmen, wie sie sind, und sich auch keine falschen Vorstellungen macht, ist es hier für die Dauer bestimmt auszuhalten. Sie haben ein schönes Zimmer", lenkte Gwendolin ab, „mit dem Blick zum Wald. Das Heim liegt doch wunderschön."

„Das alles kann mir meinen Garten nicht ersetzen, den ich hinter meinem Haus hatte."

„Ja, ein Garten ist etwas sehr Schönes. Welche Freude, wenn im Frühling die ersten Schneeglöckchen und all die anderen Blumen aus der Erde kommen: Veilchen und Primeln, Tulpen und Narzissen. Wir hatten auf Haus Forst zwei riesige Magnolienbäume. Das war eine Pracht, wenn sie ihre rosa gemaserten, großen Blüten öffneten. Bald danach fingen auch die Obstbäume zu blühen an. So blühte es an den verschiedenen Büschen und an den Wegrändern bis tief in den Herbst hinein. Doch das wissen Sie so gut wie ich, wenn Sie einen Garten gehabt haben."

„Man hat aber auch das ganze Jahr hindurch viel Arbeit damit."

„Sicher, aber hier können Sie sich an den Blumen freuen, ohne etwas dazu tun zu müssen. Schauen Sie sich nur das Beet vor ihrem Fenster an."

„Ja, wenn das Haus nicht so im Grünen gelegen hätte, wäre ich gar nicht hierher gezogen. Dennoch: Ich hab's schon lange bereut, mein Haus aufgegeben zu haben. Jetzt erst merke ich, was es bedeutet, in einem Heim leben zu müssen."

Frau Hensels Stimme und ihre Miene wirkten, als wolle sie anfangen zu weinen.

„Wie ich sehe, sind Sie gesundheitlich nicht auf der Höhe. Das war doch sicher der Grund, weshalb Sie Ihr Haus aufgegeben haben. Wahrscheinlich konnten Sie Ihr Haus und den Garten nicht mehr pflegen, oder –?"

„Ja, es wurde mir manchmal zu schwer. Aber ich hätte mir den Rückweg offenlassen müssen. Nun ist der Vertrag mit den Mietern so abgefaßt, daß ich nie wieder in mein Haus zurückkann. Ich muß meine Tage wohl oder übel hier im Heim beschließen."

„Liebe Frau Hensel, Sie sind aus freien Stücken hierher gezogen?"

„Das ist es ja eben! Ich habe es nicht so sehr aus freien Stücken getan, sondern mich von meinen Kindern überreden lassen. Wenn ich es recht bedenke, komme ich immer mehr zu der Überzeugung, daß meine Kinder mich los sein wollten."

„Ich habe Sie so verstanden, als hätten Sie allein in Ihrem Haus gewohnt."

„Natürlich habe ich in meinem Haus allein gewohnt. Ach, ich weiß nicht, wie ich es hätte machen sollen! Allein im Haus bleiben ging nicht, weil ich nicht immer kann, wie ich möchte. Die Kinder sagten, sie hätten Angst, mir könnte mal etwas passieren, wenn ich so allein bliebe. Ich könnte die Treppe hinunterfallen, oder, wenn mir mal schlecht ist ..., aber ich hatte ja Telefon. Den Kindern war es einfach zu lästig, vorbeizukommen, wenn ich anrief, weil ich allein nicht fertig wurde. Schließlich habe ich ihrem Drängen nachgegeben und bin ins Heim gezogen, weil sie es mir so schön ausgemalt haben."

„Soviel ich beobachten konnte, kommen Ihre Kinder oft zu Ihnen."

„Ja, das schon, aber immer haben sie es eilig. Das war auch früher so. Von dem Kuchen, den ich extra für sie gebacken hatte, aßen sie nur eilig ein Stück. Keine Zeit – keine Zeit heißt es immer. Ein andermal überraschten sie mich mit ihrem Besuch. Sie brauchten nur anzurufen, dann hätte ich ein Mittagessen gerichtet, sonntags vor allem, wenn sie Zeit haben würden. Wenn ich wußte, daß sie kamen, habe ich immer Kuchen gebacken und alles schön zurecht gemacht, obwohl es mir manchmal schwer wurde. Aber das wollten sie nicht. Plötzlich standen sie vor der Tür, und ich hatte ihnen nichts vorzusetzen."

„Vielleicht haben sie sich nur deshalb nicht angemeldet, weil sie Ihnen keine besondere Mühe machen wollten."

„Mag sein. Jedenfalls waren sie ärgerlich, weil ich meine Wohnung nicht verlassen wollte. Sie hatten mit dem Wagen nur zwanzig Minuten zu fahren, aber das war ihnen wahrscheinlich schon zuviel, um öfter nach mir zu sehen.“

„Sie sollten sich ein wenig in die Lage der jungen Leute versetzen, Frau Hensel. Sie haben ihre eigenen Sorgen mit Familie und Beruf.“

„Mit den Sorgen ist es nicht so schlimm. Meine Söhne haben beide ein eigenes Haus, ein Siedlungshaus mit Garten, längst nicht so groß wie meiner. Konnten sie nicht in mein Haus ziehen? Nein, sie mußten bauen. Sie sagten, von mir aus sei es zu weit zu ihrer Arbeit. Das war nur eine Ausrede. Wenn sie wenigstens so groß gebaut hätten, daß ich bei einem von ihnen wohnen konnte.“

„Das war gewiß eine Frage des Geldes. Aber Sie hätten doch Ihr Haus verkaufen können. Haben Sie diesen Vorschlag nie gemacht?“

„Das Haus verkaufen? Wo denken Sie hin! Nein, wenn ich auch nicht selber darin wohne, so habe ich doch meinen Nutzen davon. Wenn ich es verkauft hätte, wäre das Geld doch irgendwie draufgegangen. Darum habe ich es also nur vermietet. Mit Vorkaufsrecht. Es gehört mir also noch, wenn ich auch nicht wieder einziehen kann.“

„Sie sollten Ihre Lage nicht so negativ sehen und aus allem das Beste machen! Sie wissen doch: Jedes Ding hat zwei Seiten. Betrachten Sie Ihre Lage von der guten Seite. Hier sind Sie versorgt, Ihre Kinder besuchen Sie und haben gewiß nichts dagegen, wenn Sie sie besuchen. Wenn ich mich nicht irre, haben Sie auch guten Kontakt mit einigen Frauen hier im Haus.“

„Das schon, aber ich werde das Gefühl nicht los,

abgeschoben zu sein. Das geht hier vielen so. Ich komme einfach nicht darüber hinweg."

„Die jüngere Generation steht mitten im Leben, Frau Hensel, wir aber nur noch am Rande. Das aber nicht deshalb, weil wir an den Rand geschoben worden sind. So ist der Lauf der Dinge. Doch selbst am Rande gibt es noch Möglichkeiten, nützlich zu sein, und sei es auch nur das, für Waisenkinder zu strikken. Eine ganze Anzahl Heiminsassen haben sich dazu entschlossen, und sie scheinen daran Freude zu haben."

„Ja, wenn man so viel Geschick hat wie Sie! Auf Sie hören auch alle, weil Sie etwas Besonderes sind – ja, das sind Sie. Das hängt auch mit dem Baron zusammen. Sind Sie mit ihm verwandt?"

Gwendolin, etwas schockiert von der direkten Frage, überlegte nur kurz und entschloß sich, den mysteriösen Vorstellungen, die man im Hause zu haben schien, ein Ende zu bereiten. Deshalb erzählte sie: „Nein, ich bin mit der Familie nicht verwandt, habe aber über vierzig Jahre auf Haus Forst gelebt. Mein Mann war dort Gärtner. Der alte Herr und mein Mann waren in einem Alter. Wir hatten im gleichen Jahr geheiratet: mein Mann und ich, der Baron und seine Frau. Wir beiden Frauen erwarteten zu gleicher Zeit ein Kind. Mein Sohn wurde drei Tage vor dem kleinen Roland geboren, der heute auch schon verheiratet und Vater ist. Seine Mutter, die Frau des alten Herrn also, überstand die Geburt des Kindes nicht. Es war ein großes Leid, das damals über Haus Forst hereinbrach. Nicht nur, daß die Mutter bei der Geburt gestorben war, auch das Kind schwebte in Lebensgefahr. Der Arzt meinte, daß es durch Muttermilch vielleicht noch zu retten sei. Ich hatte Milch genug. Was lag näher, als beide Kinder zu stillen. So ist mein Sohn mit dem jungen Baron aufgewachsen."

„Das war sehr edel von Ihnen, aber es ist schon lange her. Schön, wenn es trotzdem nicht vergessen wird. Jetzt verstehe ich, warum sich der Baron so um Sie kümmert. Und wo lebt Ihr Sohn?"

„Er ist im letzten Krieg gefallen."

„Oh!" seufzte Frau Hensel betroffen.

Gwendolin sah an der Frau vorbei ins Leere.

„Verzeihen Sie, ich wollte nicht – ich habe Sie an etwas Schmerzliches erinnert. Sie haben nie etwas von sich erzählt. Auch wie das mit Ihren Beinen gekommen ist. Wie lange haben Sie das Leiden schon?"

„Seit vier Jahren, Frau Hensel."

„Ist es ein chronisches Leiden oder durch einen Unfall gekommen?"

„Unfall – nun ja, man könnte es beinahe so nennen. Das heißt, ich selber hatte keinen Unfall, vielmehr der Enkel des Barons – aber reden wir von etwas anderem. Ich bin nicht zu Ihnen gekommen, um über mich und meine Beschwerden zu sprechen."

„Ich wollte Sie nicht kränken, es ist auch keine Neugier, wenn ich danach fragte."

„Sie haben mich nicht gekränkt."

„Ich weiß, Sie sind viel schlimmer dran als ich. Sie haben gewiß viel Schmerzen. Und daß Sie gar nicht mehr laufen können – mir hilft gewöhnlich eine Spritze, wenn die Schmerzen zu arg werden. Morgen kommt der Arzt. Wenn ich erst wieder aufstehen kann, denke ich auch nicht mehr so viel über mein Elend nach."

„Je mehr wir über die Dinge nachdenken, die uns zu schaffen machen, desto ärger werden sie. Man kann das Wohlbefinden eines Menschen nicht nur an seinen körperlichen Beschwerden messen. Unser Befinden hängt davon ab, wie wir damit fertig werden. Trotz meiner gelähmten Beine kann ich sagen, daß es mir gut geht. Ich danke Gott für alles, was mir geblieben ist: die gesunden Arme und Hände und der gesunde Verstand."

„Gott danken? Ich bete auch! Jeden Tag bitte ich ihn, er möge mir die Schmerzen nehmen. Ich bin kein gottloser Mensch."

„Was wollen Sie damit sagen?"

„Ich bete, wie ich schon sagte, und gehe in die Kirche, wenn ich eben laufen kann. Ich bin ein anständiger Mensch und glaube an Gott. Darauf kommt es doch schließlich an."

„Meinen Sie ‚glauben' im Sinne der Glaubensartikel?"

„Wie soll ich das verstehen?"

„Wenn Sie zur Kirche gehen, sprechen Sie mit der Gemeinde das Glaubensbekenntnis: ‚Ich glaube an Gott, den Vater ..., ich glaube an Jesus Christus, Gottes eingebornen Sohn ..., ich glaube an den Heiligen Geist ...'"

„Natürlich, so habe ich es in der Schule und im Konfirmandenunterricht gelernt."

„Luther hat zu den einzelnen Artikeln eine gute Erklärung geschrieben. Die kennen Sie gewiß auch. Es heißt da zum zweiten Artikel: Ich glaube, daß

Jesus Christus, wahrhaftiger Gott, vom Vater in Ewigkeit geboren und auch wahrhaftiger Mensch, von der Jungfrau Maria geboren, sei mein Herr, der mich verlorenen und verdammten Menschen erlöset hat.' Das ist das A und O des Glaubensbekenntnisses. Jesus hat mich verlorenen und verdammten Menschen erlöst."

„Nun ja, damals zu Luthers Zeiten wurde das so kraß ausgedrückt. Damit ist sicher nicht gemeint, jeder Mensch sei so schlecht, daß er verloren und verdammt genannt werden kann."

„Sie irren sich, Frau Hensel. Luther hat es so auf Grund der Bibel formuliert. Niemand ist von diesem Urteil ausgenommen, denn es heißt im Römerbrief: ‚Sie sind allzumal Sünder.'"

„Gewiß, alle Menschen sind Sünder, wie man so sagt. Aber damit ist nicht gemeint, wir wären alle verdammt."

„Wenn Sie es im Zusammenhang lesen, wird Ihnen klar, daß keiner vor Gott bestehen kann, also verdammt ist."

„Jedenfalls bin ich nicht schlechter als andere, ja, bestimmt viel besser als mancher. Ich brauche mich nur mit einigen hier im Hause zu vergleichen. Ich will keinen Namen nennen, aber das müssen Sie zugeben –"

„Wenn wir uns mit unseren Mitmenschen vergleichen, sind wir auf dem Holzweg. Nur wenn wir uns unter das Urteil Gottes stellen, erkennen wir, wie wir wirklich sind. Gottes Urteil über uns finden wir unzweideutig in seinem Wort."

„Ich bin getauft und konfirmiert und wüßte nicht,

was ich mir besonders zuschulden kommen ließ! Ach, das Reden strengt mich so an. Nun habe ich auch noch Kopfschmerzen bekommen. Bitte, lassen Sie mich jetzt in Ruhe! Nett, daß Sie mich besucht haben."

„Vielleicht sprechen wir einmal über diese Frage, wenn es Ihnen wieder besser geht. Ich wünsche Ihnen gute Besserung, Frau Hensel. Wenn es Sie nicht zu sehr anstrengt, rufen Sie sich doch einmal das Glaubensbekenntnis und die Erklärungen dazu ins Gedächtnis. Das lenkt Sie gewiß auch von Ihren Grübeleien ab."

Frau Hensel schloß die Augen und drehte sich zur Wand. Damit gab sie deutlich zu verstehen, daß sie nichts mehr hören wollte.

Gwendolin verließ, in Gedanken versunken, das Zimmer. Sie ahnte nicht, daß sich Frau Hensel mehr Gedanken darüber machte, wie es zu Frau Donaths Lähmung gekommen war als über das Glaubensbekenntnis.

Zwei Tage später erschien Frau Hensel wieder am Frühstückstisch. Gwendolin frühstückte nach wie vor in ihrem Zimmer, da Maya oder Susanne morgens nicht genügend Zeit hatten, ihr beim Ankleiden zu helfen.

Frau Heim und Fräulein Ehlert, die an Frau Hensels wechselnden Zustand gewöhnt waren, verloren über ihr Fehlen bei den Mahlzeiten kein Wort. Sie begann gleich von Gwendolins Besuch zu erzählen.

„Frau Donath war dieser Tage bei mir. Ich habe

sie bei dieser Gelegenheit gefragt, wie es zur Lähmung ihrer Beine gekommen ist. Aber darüber wollte sie nicht sprechen."

„Das habe ich auch schon festgestellt und vermeide deshalb bewußt das Thema", erwiderte Fräulein Ehlert.

„Irgendwie muß es mit den Baronsleuten zusammenhängen."

„Man sollte sie nicht mit Fragen belästigen. Es liegt nicht jedem, über seine Beschwerden zu sprechen."

„Oh, sie hat mir aber ganz ausführlich erzählt, wie es zu der engen Freundschaft mit der Familie von Krüger gekommen ist."

Frau Hensel teilte mit, was sie erfahren hatte und sonnte sich ein wenig in dem Gefühl, mehr zu wissen als andere.

Es ließ ihr keine Ruhe, sie mußte mit jemand über ihre Überlegungen sprechen. So schloß sie sich nach dem Frühstück Fräulein Ehlert an, die ihren Morgenspaziergang durch den Park machte.

„Ich finde es von dem Baron sehr anständig, daß er nicht vergessen hat, was Frau Donath für seine Familie getan hat. Wenn man aber bedenkt, wie lange das her ist, wundert man sich doch."

„Es gibt also in dieser Welt noch Dankbarkeit, wie Sie sehen", sagte Fräulein Ehlert.

„Ja, aber da muß noch etwas anderes sein. Als ich sie fragte, ob die Lähmung ein schleichendes Leiden oder etwa durch einen Unfall verursacht worden sei, deutete sie an, daß es irgendwie mit dem Enkel des alten Herrn von Krüger zusammenhinge. Aber Näheres wollte sie darüber nicht sagen. Finden Sie das nicht merkwürdig?“

Fräulein Ehlert hätte ebenso gern mehr gewußt, antwortete aber abweisend: „Was geht uns das an, Frau Hensel. Frau Donath wird schon ihre Gründe dafür haben, daß sie über ihre persönlichsten Dinge nicht sprechen will. Sie ist sonst aufgeschlossen und freundlich. Man kann ihr alles anvertrauen, ohne fürchten zu müssen, daß sie es weiterträgt. Wahrscheinlich ist ihr ihr eigenes Schicksal gar nicht wichtig genug.“

„Hm – wichtig genug? Vielleicht sogar sehr wichtig. Vielleicht ist da ein dunkler Punkt.“

„Nun hören Sie aber auf! Frau Donath und ein dunkler Punkt in ihrem Leben? Wie kommen Sie nur auf so abwegige Ideen!“

„Es muß ja nicht ein dunkler Punkt im Leben von Frau Donath sein. Ich habe eher an einen dunklen Punkt im Leben des jungen Barons gedacht.“

„Sie sagten doch, sie hätte bezüglich des Enkels eine Andeutung gemacht. Wo soll bei einem Kind der dunkle Punkt sein? Nein, Frau Hensel, ich glaube, Sie spinnen! Entschuldigen Sie bitte den Ausdruck, aber Ihre Vermutungen sind zu abwegig.“

„Wenn Sie dabeigewesen wären, als sie meiner Frage auswich, würden Sie sich auch Gedanken machen um den Zusammenhang, den man eben nicht kennt. Vielleicht hat der junge Baron, ich meine der Vater des Kleinen, einen schweren Unfall gehabt oder sogar verschuldet, und sie ist darin verwickelt, natürlich ohne eigene Schuld.“

„Sie reimen sich da etwas zusammen, Frau Hensel, das weder Hand noch Fuß hat. Darüber sollten Sie lieber nicht sprechen. Ich schwatze nicht. Dennoch sollten Sie solche Verdächtigung für sich behalten."

„Verdächtigungen? Ich meine ja nur, da muß etwas sein, was die Familie von Krüger noch mehr zu Dank verpflichtet als vor vielen Jahren das Stillen des Kindes nach dem Tod der Baronin. Der Sohn des alten Baron muß doch schon um die Vierzig herum sein."

„Ich weiß wirklich nicht, was Sie damit sagen wollen."

„Weil ich weiß, daß Sie darüber nicht reden, möchte ich gerade mit Ihnen sprechen. Man macht sich doch Gedanken, wenn solche Andeutungen fallen. Ich kann mir denken, daß es bei dem Unfall, von dem Frau Donath nur andeutungsweise sprach, etwas gab, was verheimlicht werden soll oder muß."

„War es denn ein Autounfall?"

„Das hat sie nicht gesagt, aber was für einer sollte es sonst gewesen sein? Ob der junge Baron – man liest und hört oft genug von solchen Dingen. Es könnte sein, daß er zuviel Alkohol –"

„Nun hören Sie aber auf! Sie fantasieren zuviel."

„Was heißt fantasieren! Ist es so abwegig, da eine dunkle Stelle zu vermuten? Ich will mal annehmen, der Baron hat Frau Donath und seinen kleinen Jungen irgendwo abgeholt, und dann ist was passiert. Das ist doch schon durchaus möglich, oder etwa nicht?"

„Gewiß, aber was geht uns das an?"

„Sie könnte darüber doch offen sprechen, wenn

es dabei keinen Haken gäbe. Warum tut sie so geheimnisvoll?"

„Hören Sie mal gut zu", sagte nun Fräulein Ehlert, die langsam ungeduldig wurde. „Nehmen wir an, es ist so, wie Sie vermuten: Frau Donath ist auf einer Fahrt mit dem Baron und seinem Jungen verunglückt. Warum soll sie das allen erzählen? Dabei braucht gar nichts Geheimnisvolles zu sein. Manchen Leuten liegt es nicht, alle Erlebnisse zu dramatisieren und davon zu sprechen, so oft sich dazu die Gelegenheit bietet. Zu diesen Naturen gehört Frau Donath. Wahrscheinlich ist es ihr gar nicht interessant genug. Vielleicht will sie auch nicht den Eindruck erwecken, irgend jemand sei an ihrem Unglück schuld. Wenn sie darüber nicht reden will, hat man das zu respektieren und keine Frage zu stellen über Dinge, die einen im Grunde auch gar nichts angehen."

„Es ist nicht Neugier, wenn man nach so etwas fragt. Sie hat sich ja auch nach mir und meiner Krankheit erkundigt."

„Wenn Frau Donath spürt, Sie wollen darüber nichts sagen, wird sie bestimmt nicht in Sie dringen."

„Ich habe auch nicht weiter gefragt, als ich merkte, daß sie darüber nicht sprechen will. Aber merkwürdig finde ich es doch. Man nimmt hier im Hause an allem Anteil, oder nicht?"

„Ach, Frau Hensel, mit dem Anteilnehmen ist das so eine Sache! Jeder hat im Leben sein Päckchen zu tragen gehabt. Jeder muß sehen, wie er mit dem Alter und seinen Beschwerden zurechtkommt. Gut, der eine oder andere hat das Bedürfnis, über das eigene Schicksal zu sprechen, aber jedermanns Sache ist das nicht."

„Sie können sagen, was Sie wollen: das Leiden von Frau Donath ist keine Allerweltssache oder eine gewöhnliche Alterserscheinung. Das hat sie indirekt zugegeben."

„Ich bin nicht neugierig, Näheres zu erfahren."

Als sie es aussprach, wußte Fräulein Ehlert, daß sie es doch gern erfahren hätte.

Gwendolin ahnte nicht, daß sie Mittelpunkt des Interesses im Heim war. Sie machte sich mehr Gedanken um Frau Hensel als um deren Fragen nach ihrer Behinderung.

Mehr noch als Gwendolin staunte Frau Klarus über den Erfolg der Handarbeitsaktion, die Frau Donath in Gang gesetzt hatte. Frauen, von denen sie es niemals erwartet hatte, beteiligten sich daran. Da war zum Beispiel Frau Platzer, die erklärt hatte, ihr fehle für solche Arbeiten jegliches Talent. Nachdem sie einige Nachmittage im Kreise der Schaffenden gesessen und nur zugesehen hatte, bot sie ihre Hilfe an. Trotz ihrer zweiundachtzig Jahre war sie noch immer recht aktiv. Als Frau Heim eines Tages sagte, das Vernähen der Fäden sei eine lästige Arbeit, erbot sich Frau Platzer, diese Arbeit zu übernehmen.

„Wenn ich es Ihnen gut genug mache", sagte sie, „werde ich es tun. Geben Sie nur her. Ich glaube, das bringe ich noch fertig."

Es zeigte sich, daß Frau Platzer diese einfache, aber langweilige und zeitraubende Arbeit sehr ordentlich ausführte. So blieb es nicht aus, daß sie auch anderen diese Arbeit abnahm.

Frau Donath lobte sie eines Tages: „Frau Platzer, Sie sind für uns unentbehrlich. Ich ernenne Sie zu unserer ehrenamtlichen Fadenvernäherin. Zu gegebener Zeit bekommen Sie einen Orden."

Frau Platzer hatte Sinn für Humor, um darauf häufig anzuspielen und zu fragen: „Können Sie mir ein Zentimetermaß überlassen, Frau Donath?"

„Gern, aber wofür brauchen Sie ein Zentimetermaß?"

„Damit ich messen und aufschreiben kann, wieviel Kilometer ich im Laufe der Zeit vernähe. Ich muß doch wissen, wann der versprochene Orden fällig ist."

Gwendolin lachte, und alle lachten mit. Es kam zu einer regelrechten Abstimmung, ob zehn Meter für einen Orden genügen würden oder ob es mindestens hundert Meter sein müßten.

Mit solchen lustigen Zwischenfällen kamen Heiterkeit und eine fröhliche Stimmung auf.

Gwendolin war sich darüber klar, daß es auch in der Arbeit Abwechslung geben müsse, um die Frauen bei der Stange zu halten. Weil es auf Weihnachten zuging, beschloß sie, zur Herstellung von Strohsternen überzugehen, und ließ sich dazu vom Baron Material mitbringen.

Interessiert schauten die Frauen zu, wie unter Gwendolins geschickten Fingern Sterne aus Stroh und Goldpapier entstanden.

Bald hatten sich so viele Frauen um sie geschart, daß sie selbst kaum noch dazu kam, etwas herzustellen. Natürlich wurden nicht alle Sterne gleichmäßig schön, aber Gwendolin ermunterte die weniger Geschickten immer wieder, nicht aufzugeben.

„Ich vergammle nur Ihr schönes Goldpapier und die Strohhalme", sagte die eine oder andere, wenn ihr wieder ein Stern mißlungen war.

„Macht nichts!" tröstete Gwendolin. „Versuchen Sie es nur immer wieder. Übung macht den Meister."

Eines Tages schlug sie vor, Stoffpuppen anzufertigen. „Ich kenne die Leiterin eines Kinderheimes. Sie ist zu Weihnachten immer um Spielzeug für die Kleinsten in Verlegenheit. Die Stoffpüppchen eignen sich gerade für kleine Kinder so gut. Damit können sie sich und anderen nicht wehtun, selbst wenn sie mit den Puppen herumwerfen. Es wäre schön, wenn wir bis Weihnachten davon eine Anzahl herstellen könnten."

Sogleich waren einige Frauen begeistert, besonders diejenigen, die mit den Sternen nicht zurechtkamen. Vor aller Augen ließ Gwendolin die erste Stoffpuppe entstehen.

„Was Sie alles können!" staunten die Frauen.

„Gelernt ist gelernt", meinte Gwendolin. „Wir brauchen nur Stoffreste. Vielleicht können Sie welche beschaffen?"

Es kamen soviel Stoffreste zusammen, daß Frau Klarus dafür im Bücherschrank ein Fach frei machen mußte.

Man war sich unter den mithelfenden Frauen einig in der Bewunderung von Frau Donath. War sie außer Sicht, sprach man über sie nur in lobenden Worten.

„Sie ist fabelhaft!“ sagte Fräulein Ehlert.

Gleich stimmte ihr jemand zu: „Ja, wir können ihr gar nicht dankbar genug sein. Sie hat uns erst auf den Gedanken gebracht, etwas Nützliches zu tun.“

„Merkwürdig“, fuhr eine andere fort, „daß wir nie selber auf den Gedanken gekommen sind, einmal etwas Vernünftiges zu tun, statt immer nur zu spielen oder herumzusitzen.“

„Wir hätten nicht einmal gewußt, wofür wir strikken oder Sterne basteln sollten. Wir haben auch keine Beziehungen zu einem Heim, das uns die Püppchen abnimmt. Es ist ja so: Wenn man weiß, wofür man etwas tut, dann macht es auch Spaß. Nur stricken, um zu stricken, dazu habe ich keine Lust“, meinte Frau Heim.

„Jetzt wissen wir: Alles, was wir arbeiten, wird auch verwendet.“

„Glauben Sie, daß ein Kinderheim für so viele Stoffpuppen Verwendung hat? Da kommt ja ein ganzes Regiment zusammen“, zweifelte Frau Hensel, die nun einmal dazu neigte, von einer Sache zuerst die negative Seite zu sehen.

„Das lassen Sie nur Frau Donaths Sorge sein“, gab man ihr zur Antwort.

Fräulein Ehlert nahm Frau Heim noch mit in ihr Zimmer. „Ist es nicht erstaunlich, wie Frau Donath es versteht, auf den einzelnen einzugehen?“ fragte sie.

„Ja, sie weiß genau, was sie von jedem zu halten hat.“

„Gestern hat sie in aller Freundlichkeit Herrn Vogel abblitzen lassen. Ich habe mich köstlich amüsiert."

„Das müssen Sie mir erzählen!"

„Wir tranken Kaffee, und Herr Vogel setzte sich zu uns an den Tisch. Sie waren gestern ja bei Ihren Kindern und haben es deswegen nicht mitgekriegt. Herr Vogel fragte: ‚Was machen Sie eigentlich mit all dem Zeug, das im Salon entsteht? Das ist ja eine Schnippelei ohnegleichen. Mich wundert's, daß Frau Klarus so etwas duldet.'

‚Meinen Sie die Flusen und Papierschnitzel auf dem Boden? Das ist mit dem Staubsauger schnell beseitigt', sagte Frau Donath. ‚Wir basteln Weihnachtssterne und Stoffpuppen.'

Da meinte Herr Vogel, das sei Zeitverschwendung und reiner Blödsinn. Aber Frau Donath war nicht aus der Fassung zu bringen: ‚Aber Herr Inspektor, Sie von der Justiz wissen doch am besten, daß Müßiggang aller Laster Anfang ist. Sie wollen gewiß nicht, daß unsere Frauen zu Kriminellen werden.' Ich hätte mich kaputtlachen können."

„Kriminelle, das war ein guter Witz. Was sagte denn Herr Vogel dazu?"

„Er antwortete: ‚Gnädige Frau' – stellen Sie sich vor, Gnädige Frau sagte er! – ‚die Insassen dieses Hauses sind keine Kriminellen!' Darauf Frau Donath: ‚Und Sie wollen ja auch nicht, daß sie welche werden.' Da gab er es auf."

Auch Frau Dürschke gehörte zu denen, die das fröhliche Schaffen sinnlos fanden. Sie kritisierte die Arbeiten, so oft sie in den Salon kam, und das geschah jetzt häufig.

Nicht allen glückte es, den Puppen, die sehr einfach herzustellen waren, auch ein nettes Gesicht zu geben. Manchmal standen Kopf und Gliedmaßen einer Puppe nicht im richtigen Verhältnis zueinander. Nachdem Meta einmal ausgerufen hatte: „Oh, das ist eine Mißgeburt geworden!“, hieß es bei jeder nicht ganz einwandfreien Figur: „Das ist wieder mal eine Mißgeburt!“ Das erheiterte immer sehr. Die „Mißgeburt“ wurde herumgezeigt, und wenn sie bei Gwendolin landete, sagte sie mitleidig: „Du armes Kind, ich werde dich operieren und zur Schönheitskönigin machen.“

Nichts war so verkorkst, daß Frau Donath daraus nicht etwas Brauchbares machen konnte. Sie hatte wirklich ein außerordentliches Geschick dafür, mit ein paar Stichen sogar einer schielenden Puppe ein gutes Aussehen zu geben.

Gerade weil mißlungene Arbeiten Anlaß zu viel Gelächter gaben, war es ärgerlich, wenn ausgerechnet Frau Dürschke dazu kam, wenn wieder mal eine „Mißgeburt“ herumgezeigt wurde. Da die Kritik meist von der Herstellerin selber geübt wurde, gab es kein Beleidigtsein. Anders war es, wenn Frau Dürschke bei einem ihrer gelegentlichen Besuche eine solche Figur in die Hand bekam.

„Das soll eine Puppe sein? Sie hat ja einen Wasserkopf. Und mit so etwas sollen Kinder spielen? Na ja, für Waisenkinder ist so etwas gut genug.“

Lag eine angefangene Handarbeit auf dem Tisch, fragte sie, was daraus werden solle.

„Es ist das Rückenteil für einen Pulli“, hieß es dann etwa.

„Ein schöner Rücken kann auch entzücken. Der allerdings nicht."

Mit solchen Reden verdarb sie mancher Frau die gute Laune.

Gwendolin konnte Frau Dürschke nicht verwehren, in den Salon zu kommen. Eines Tages jedoch wurde ihr die gehässige Kritik zuviel. „Wenn Sie schon nicht mitmachen wollen, Frau Dürschke", sagte sie, „möchte ich Sie doch bitten, sich nicht einzumischen. Wir haben an unserer Arbeit Freude und wollen damit Freude bereiten. Es ist ungehörig von Ihnen, uns die Freude verderben zu wollen."

„Ich lasse mir nicht den Mund verbieten, und schon gar nicht von Ihnen, Frau Baronin!"

Gwendolin antwortete: „Ich werde schon einen Weg finden, Ihnen den Mund zu stopfen!"

Mit höhnischem Auflachen und erhobenen Hauptes verließ Frau Dürschke für diesmal den Raum.

Im gleichen Augenblick schämte sich Gwendolin ihrer Heftigkeit. Sie fand jedoch mehr Beifall, als ihr lieb war.

„Fein, Frau Donath, daß Sie der einmal Bescheid gesagt haben!"

„Immer muß sie meckern!"

„Sie sucht Streit, wo sie kann."

„Sie will einem nur die Arbeit vermiesen."

„Ich bin gar nicht so froh über meine harten Worte", sagte Gwendolin, was noch größeren Protest herausforderte.

„Es wurde höchste Zeit, daß der mal die Meinung gesagt wurde!"

„Es ist aber so, wie Frau Dürschke sagt: Ich kann

ihr nicht den Mund verbieten. Ich fürchte, sie wird es noch ärger treiben und in Zukunft noch mehr herumnörgeln."

„Man muß irgend etwas dagegen unternehmen", sagte eine Frau.

„Ja, aber was?"

„Man sollte sich etwas einfallen lassen!"

„Frau Donath, Sie wissen doch immer Rat!"

So kamen von allen Seiten die Zurufe.

Gwendolin wiegte den Kopf.

„Es muß ein harmloses, aber wirksames Mittel sein, meine Lieben. Vielleicht könnten wir anfangen zu singen, wenn Frau Dürschke das nächste Mal hereinkommt."

„Singen – ja! Es braucht ja nicht einmal schön zu klingen."

„Es muß ein Lied sein, das wir alle kennen. Dann klingt es schon."

Frau Platzer, die immer dabei war, auch wenn sie nichts zu tun fand, schlug vor: „Ich weiß ein Lied, das kennen wir alle bestimmt noch von früher: ‚Hab mein Wagen voll geladen, voll mit alten Weibsen."

Allgemeines Gelächter.

„Gut, gut", riefen ein paar Stimmen. „Da wir alle alte Weibsen sind, kann sie sich nicht beleidigt fühlen."

Frau Platzer kam in Fahrt.

„Probieren wir gleich mal, damit wir es gut können, wenn die alte Schachtel wieder auftaucht."

„Alte Schachtel, ich bitte doch sehr", wandte Gwendolin ein.

Aber Frau Platzer stimmte schon an:

„Hab mein Wagen vollgeladen,
voll mit alten Weibsen.
Als sie in die Stadt 'neinkamen,
fing'n sie an zu keifen.
Darum lad' ich all mein Lebetage
keine alten Weibsen in mein Wagen.
Hü, Schimmel, hühahü! Hü, Schimmel, hü!"

Es klang ganz leidlich. Gwendolin kam flüchtig der Gedanke, daß sich hier eine neue Möglichkeit zur allgemeinen Belebung der Gemüter ergeben könne. Singen – daran hatte sie noch gar nicht gedacht. Jetzt allerdings erfüllte es sie mit Sorge, wie begeistert alle von der Idee und dem vorgeschlagenen Lied waren.

„Wie geht der zweite Vers?" rief Meta, die sich sehr selbstbewußt von dem Gebaren ihrer Freundin abgesondert hatte.

„Wir brauchen nur den ersten Vers, der paßt für die Dürschke am besten", sagte jemand.

Gwendolin aber wandte ein, als sich die allgemeine Heiterkeit etwas gelegt hatte: „Nein, das Lied wollen wir nicht singen. Darüber könnte sie sich zu sehr ärgern. Wir wollen sie nur zum Schweigen bringen, mehr nicht."

„Doch, wir wollen sie ärgern, Frau Baronin!"

Gwendolin hatte sich längst daran gewöhnt, von einzelnen nach wie vor „Baronin" genannt zu werden und protestierte nicht mehr.

„Liebe Frau Platzer, wir wollen nicht Böses mit Bösem vergelten."

„Also, mit solchen Reden haben Sie bei mir kein Glück", antwortete Frau Platzer. „Ärgerst du mich, so ärgere ich dich! Wurscht wider Wurscht! Da kommt man am weitesten."

Eigentlich hatte Frau Platzer am wenigsten Grund, sich über Frau Dürschkes Kritik zu ärgern, da sie sich so wenig an den Arbeiten beteiligte.

„Wir wollen uns durch das Singen nur Ruhe vor Frau Dürschkes ständigem Tadeln verschaffen, weiter nichts. Dazu genügt ein Lied, wie zum Beispiel ‚Im schönsten Wiesengrunde', das kennen Sie wahrscheinlich noch besser", meinte Gwendolin.

Frau Platzer ließ nicht locker.

„Wer ist dafür, der Dürschke mal ordentlich eins auszuwischen?"

Gwendolin übersah die Hände, die sich zustimmend erhoben und sang:

„Im schönsten Wiesengrunde
steht meiner Heimat Haus.
Da zog ich manche Stunde
ins Tal hinaus.
Dich, mein stilles Tal,
grüß ich tausendmal!
Da zog ich manche Stunde
ins Tal hinaus."

Alle sangen mit, auch jene, die an den Ecktischen saßen und spielten. Es klang noch besser als das Fuhrmannslied. Einige kannten auch den zweiten und dritten Vers, und so kam das Lied schön zu Ende.

Am andern Tage erwartete man gespannt Frau Dürschkes Erscheinen. Sie ließ sich jedoch nicht blikken.

Es blieb natürlich nicht aus, daß Frau Dürschke

zugetragen wurde, was man im Salon plante. Man konnte ihr allerdings nicht genau sagen, welches Lied nun gesungen werden sollte.

„Ha, ich werde dann einfach mitsingen", sagte sie, da man von dem Lied ‚Im schönsten Wiesengrunde' gesprochen hatte.

Frau Platzer aber hetzte: „Die Baronin ist viel zu gutmütig", sagte sie zu einigen Frauen. „Ich bin dafür, das Lied von den alten Weibsen zu singen. Wir warten gar nicht erst, bis die Dürschke zu meckern anfängt, sondern beginnen gleich zu singen."

So geschah es dann auch. Man saß fröhlich bei der Arbeit, da erschien Frau Dürschke. Gwendolin hatte der Tür den Rücken zugekehrt und entdeckte sie nicht gleich. Erst als Frau Platzer anfing zu singen, wurde sie aufmerksam.

Zwei, drei Stimmen fielen ein, und dann sangen sie alle miteinander das Spottlied.

Frau Dürschke blieb nur ein paar Schritte von der Tür entfernt stehen. Langsam stieg ihr das Blut in die Wangen. Ihre Augen sprühten, aber was sie sagte, ging im Gesang unter. Erst als der Vers zu Ende gesungen war, verstand man ihre Worte.

„So, wir haben hier nun auch noch einen Gesangverein. Aber damit können Sie ebensowenig Staat machen wie mit den Puppen."

Sogleich stimmte Frau Platzer von neuem an, und alle fielen ein: „Hab' mein Wagen vollgeladen..."

„Ihr seid ja selber alte Weiber", schrie Frau Dürschke. Nur Gwendolin, die am nächsten saß, verstand die empörten Worte.

Bei der Zeile: „fing'n sie an zu keifen", räumte

Frau Dürschke das Feld. Sie hörte das Gelächter aus dem Salon, bis sie die Tür zum Fernsehzimmer geschlossen hatte, wohin sie flüchtete.

Herr Vogel saß auch vor dem Bildschirm. Sogleich wandte sie sich an ihn mit der Frage: „Sagen Sie, Herr Inspektor, muß ich es mir gefallen lassen, daß man mich verhöhnt?"

„Wie, man verhöhnt Sie, Frau Dürschke? Wer denn?"

„Alle drüben im Salon, die mit den Handarbeiten herumfummeln. Dabei hecken sie wahrscheinlich allerlei Bosheiten aus."

„Alle? Hm – in welcher Weise denn? Ich würde sagen, Sie können sich bei Frau Klarus beschweren. Wenn es aber, wie Sie sagen, alle sind, wird es schwer sein, jemanden zu belangen. In welcher Weise ist man Ihnen denn zu nahe getreten?"

Frau Dürschke erzählte, was sich zugetragen hatte.

Herr Vogel suchte kaum zu verbergen, wie es ihn belustigte.

„Was sagen Sie dazu?" fragte Frau Dürschke.

„Hm – was soll ich dazu sagen. Wenn alle gesungen haben, werden Sie dagegen nicht viel tun können."

„Das hat bestimmt die Baronin ausgeheckt!"

„Das kann ich nicht beurteilen. Jedenfalls ist sie Ihnen über. So allgemein ein Lied singen lassen, wer will dagegen etwas sagen?"

„Jedenfalls werde ich es Frau Klarus erzählen. Ich lasse mir das nicht bieten."

Die Heimleiterin hatte sich Frau Dürschkes Beschwerde angehört und sagte: „Ich kann den Frauen das Singen nicht verbieten."

„Die Frauen können mir aber auch nicht verbieten, in den Salon zu kommen. Oder ist der für die Baronin und ihren Anhang reserviert?"

„Nun lassen Sie endlich die Baronin beiseite. Frau Donath hat ihr eigenes Zimmer, das wissen Sie, Frau Dürschke. Und der Salon, das wissen Sie ebensogut, ist für alle da. Wenn es Ihnen nicht paßt, daß dort gesungen wird, können Sie in einen der Fernsehräume oder in Ihr eigenes Zimmer ausweichen. Ich glaube, es gibt wenige Altersheime, die so komfortabel ausgestattet sind wie unseres."

„Aber man belästigt mich! Was nützt mir der Salon, wenn man mich dort anpöbelt. Das brauche ich mir nicht gefallen zu lassen."

„Ich werde der Sache nachgehen. Es ist nicht gesagt, daß man gesungen hat, um Sie zu ärgern oder anzupöbeln. Dazu gehört wohl ein bißchen mehr. Wenn auch nicht jeder hier im Hause mit jedem gut Freund ist – von Anpöbeleien ist mir bisher nichts bekannt geworden."

„Und ich sage Ihnen, sie wollten mich ärgern!"

„Was haben sie denn gesungen?"

„So'n Lied von alten Weibsen und keifen", erwiderte Frau Dürschke.

Frau Klarus lachte.

„Das dürfen Sie nicht persönlich nehmen, Frau Dürschke. Die das gesungen haben, sind selber alt. Nehmen Sie doch ein solches Lied mit Humor, wie es die andern bestimmt auch tun."

„Sie wollen also nichts unternehmen, daß man mich in Ruhe läßt?“

Frau Klarus wußte, Frau Dürschke war die Querulantin im Hause. „Wenn es sich nur um das Singen handelt –“

Frau Dürschke fiel ihr ins Wort.

„Ich sehe, unsereiner, der auf die öffentliche Hand angewiesen ist, erhält kein Recht. Da kommt man gegen eine Baronin nicht an. Das hätte ich mir denken können.“

„Ich werde mit Frau Donath sprechen. Mehr kann ich Ihnen dazu im Augenblick nicht sagen.“

Am Abend suchte Frau Klarus Gwendolin in ihrem Zimmer auf. Ohne lange Einleitung begann sie: „Verehrte Frau Donath, Frau Dürschke hat sich beklagt, weil Sie mit Ihren Bastelfrauen ein Lied gesungen haben, als sie den Salon betrat. Da war die Rede von alten Weibsen. Ich mische mich nicht gern in die kleinen Unstimmigkeiten, die nicht zu vermeiden sind. Frau Dürschke macht daraus aber eine große Sache, darum möchte ich den Dingen auf den Grund gehen. Eines Mannes Rede ist keine Rede, man muß sie hören alle beede, sagt ein Sprichwort.“

Gwendolin gab zur Antwort: „Es war Notwehr. Frau Dürschke verdirbt den Frauen mit ihren abfälligen Bemerkungen die Freude am Basteln. Ich schlug den Frauen vor, ein Lied zu singen, wenn sie wieder mit ihrer Kritik beginnen würde. Die Frauen haben sich auf das Lied geeinigt: ‚Hab mein Wagen voll geladen, voll mit alten Weibsen‘. Sie waren über die ständigen Nörgeleien dieser Frau einfach verärgert. Frau Dürschke hat sich natürlich von dem

Ausdruck ‚alte Weibsen' getroffen gefühlt, mehr noch wahrscheinlich vom ‚keifen'. Das tut mir leid. Ich will mich gern bei ihr für die Frauen entschuldigen."

„Nein, tun Sie das auf keinen Fall! Wenn wir anfangen, solche Sachen aufzubauschen, kommen wir aus den Beschwerden nicht mehr heraus. Es ist schwierig, ja unmöglich, allen alles recht zu machen. Schiller hat schon recht, wenn er sagt: Es kann der Frömmste nicht in Frieden leben, wenn es dem bösen Nachbarn nicht gefällt. Wer hier der böse Nachbar ist, brauche ich nicht erst zu sagen."

„Frau Dürschke ist ein bedauernswerter Mensch. Sie tut mir leid. Wie kann man sich und seinen Mitmenschen in diesem Alter das Leben so schwer machen. Ich bemühe mich, zu allen gleichmäßig freundlich zu sein, finde aber nicht bei allen ein Echo. Im Gegenteil, ich spüre deutlich, wie manche sich offensichtlich von mir absondern und mit mir nichts zu tun haben wollen. Nicht, daß ich deswegen gekränkt oder gar beleidigt wäre! Es ist nur eine Feststellung, die mir bestätigt, daß dieselbe Sache auf der einen Seite begeistert aufgenommen und auf der anderen abgelehnt, ja, bekämpft werden kann. Das ist nicht nur in der Politik und im ganzen Weltgeschehen so, das reicht bis in unsern kleinen Kreis, in dem wir doch alle vor die gleichen Fragen gestellt sind."

„So ist es, und auch Sie, Frau Donath, können nicht alle unter einen Hut bringen. Bedenken Sie doch, die Alten kommen aus den verschiedensten Lebenskreisen. Jeder hat sein Schicksal, seine Enttäuschungen, viel Krankheit, Leid und Unglück hinter sich. Mancher hungert nach ein bißchen Liebe und Verstehen. Er fühlt sich aufs Abstellgleis geschoben und erträgt das Dasein nur, weil es nicht zu ändern ist. Sie haben durch die Anregung zu einer Tätigkeit schon viel erreicht. Die Frauen werden dadurch von sich selber abgelenkt. Wenn es auch den Anschein haben mag, ich würde manches von dem, was hier vorgeht, nicht sehen und hören, so weiß ich doch um Spannungen, Sympathien und Antipathien zwischen den Frauen und Männern. Deshalb habe ich gerne wahrgenommen, wie günstig Ihr Einfluß auf die Atmosphäre des Hauses ist, und ich bin Ihnen dafür dankbar."

„Was den Alten hier im Hause und in den meisten Fällen wohl auch außerhalb eines Heimes das Altsein so schwer macht, ist in erster Linie das Gefühl, auf der letzten Station ihres Lebens angekommen zu sein."

„Gewiß, aber dagegen können weder Sie, Frau Donath, noch ich etwas tun. Wer nicht aus sich heraus den Lebensmut behält, resigniert mehr und mehr. Für die meisten hier besteht das Dasein nur noch aus dem Warten von einer Mahlzeit auf die andere. Sie freuen sich auf die Besuche ihrer Verwandten weniger um derer willen, die zu ihnen kommen, als auf das, was sie mitbringen."

„Aber so muß das Alter nicht sein, Frau Klarus! Sagen Sie nicht, ich sei erst kurze Zeit hier und könne das mit meinen dreiundsiebzig Jahren noch nicht beurteilen. Ich bin durch meine Behinderung hilfloser als die meisten hier. Lebensmut und Freude kann man für die Dauer nicht aus dem eigenen Gemüt schöpfen. Deshalb sage ich aus eigener Erfahrung: Die Freude am Herrn ist meine Stärke!"

„Sind Sie wirklich davon überzeugt, daß der Glaube vor der Resignation des Alters schützt?"

„Ja, das meine ich, sofern das, was Sie Glauben nennen, nicht nur ein angelerntes Wissen der Zehn Gebote und von ein paar Bibelversen ist. Wie könnte ich meine Hilflosigkeit gelassen tragen, wenn ich im Glauben nicht auch darin die Führung Gottes sähe? Mein körperlicher Zustand ist kein normaler, das Altern hingegen betrifft jeden, der nicht vorzeitig abgerufen wird. Aber ganz abgesehen vom Sterben – wir haben hier so viel Gelegenheit, einander zu helfen, voneinander zu lernen, sitzen wir doch alle im gleichen Boot. Man braucht nicht unbedingt nutzlos zu sein, wenn man alt ist. Selbst die in den stillen Zimmern könnten durch stille Ergebung für andere eine Sterbehilfe sein. Nein, unterbrechen Sie mich nicht. Ich weiß, das redet sich leicht. Glauben Sie, ich bete schon heute darum, daß ich meiner Umwelt selbst im Angesicht des Todes Zeugnis einer lebendigen Hoffnung sein darf."

„Sie sind eine Ausnahme, Frau Donath. Sie haben einen inneren Halt."

„Den gibt mir mein Glaube."

„Glaube – es kommt darauf an, was man glaubt", meinte Frau Klarus.

„Es kommt darauf an, w i e man glaubt, Frau Klarus. Ob einem Gottes Wort eine Wirklichkeit ist, das uns die Sündhaftigkeit unseres ganzen Wesens vor Augen hält, auch wenn wir keine besonderen Schandtaten verübt haben, das uns aber ebenso von der Erlösung aller Sünden durch das Blut Christi sagt."

Schweigen.

Gwendolin unterbrach es nicht, sondern wartete, was Frau Klarus darauf zu erwidern hatte.

„Ich komme aus einem ordentlichen Elternhaus", begann die Heimleiterin endlich. „Wir lebten nach den Grundsätzen: Laß dir nichts zuschulden kommen! Tue deine Pflicht gewissenhaft! Hilf, wo du helfen kannst! Meine Eltern sind ehrbare Leute. Dazu braucht man nicht unbedingt fromm zu sein, ständig in die Kirche zu laufen und fromme Worte im Munde zu führen. Ich glaube, mit diesen Grundsätzen in allen Ehren alt werden zu können. Die sogenannten Frommen sind nicht immer die angenehmsten Zeitgenossen."

„Da könnten Sie recht haben. Bei der dummen Sache mit Frau Dürschke klage ich mich an, kein angenehmer Zeitgenosse für sie gewesen zu sein. Da habe ich durchaus nicht im Sinne Jesu gehandelt, der wünscht, daß wir unsere Feinde lieben sollen."

„Oh, ich meinte nicht Sie persönlich! Sie sind eine rühmliche Ausnahme und haben keinen Grund, sich schuldig zu fühlen, wenn in der Sache überhaupt von Schuld die Rede sein kann. Mir hat es Spaß gemacht zu hören, in welcher Weise Sie Selbsthilfe geübt haben. Aber nun ist Schlafenszeit. Ich werde Schwester Susanne bitten, Ihnen ins Bett zu helfen. Sie wollen gewiß zur Ruhe gehen."

„Ich gehe beizeiten zu Bett, um Schwester Susanne nicht zu spät zu bemühen. Gibt es wegen der Nachtruhe eine besondere Anordnung?"

„Nein, bei uns ist es nicht wie in manchen Häusern, in denen um neun Uhr alle Lichter gelöscht sein müssen. Wahrscheinlich wissen unsere Leutchen hier gar nicht, welche Freiheiten ihnen gewährt werden. Ich danke Ihnen sehr, Frau Donath, daß Sie helfen, einem neuen Geist bei uns Eingang zu verschaffen. Das ist mir eine große Hilfe. Es ist nicht immer ganz einfach, mit den Alten fertig zu werden."

Gwendolin lag in dieser Nacht noch lange wach. Sie hatte über vieles nachzudenken.

Frau Quandts Morgenbesuche bei Frau Donath blieben nicht verborgen.

Eines Tages fragte Frau Dürschke geradeheraus: „Was tun Sie eigentlich jeden Morgen bei der Frau Baronin, Frau Quandt? Das scheint ja eine dicke Freundschaft zwischen Ihnen zu sein."

Frau Quandt sah zur Seite und murmelte etwas Unverständliches. Niemals hätte sie dieser Frau gegenüber bekannt, was sie zu Frau Donath zog.

Auf einem Spaziergang durch den Park sprach sie darüber mit Fräulein Ehlert.

Die Sonnenstrahlen blinzelten müde durch die kahlen Zweige der Rotbuche und das zarte Astgespinst der Birken. Hier und da piepste ein Sperling. Meisen flogen mit ihrem steten Kiwitt, Kiwitt zu den Futterhäuschen, die bereits mit Sonnenblumenkernen beschickt waren.

Frau Quandt, die von sich aus nur selten ein Gespräch begann, sagte plötzlich: „Frau Dürschke wollte wissen, was ich jeden Morgen bei Frau Donath tue. Sie haben sich wahrscheinlich auch schon darüber gewundert, auch wenn Sie nicht danach gefragt haben."

„Es steht jedem frei, wen er besuchen will. Natürlich fällt es auf, wenn jemand regelmäßig den einen oder anderen besucht. Obwohl das keinen etwas angeht . . . na ja, Sie wissen selbst, wie es hier im Hause ist. Alles wird beobachtet und dann besprochen. Daraus dürfen Sie sich nichts machen."

„Ich mache mir auch nichts daraus. Ich möchte nur nicht darüber sprechen, wenn alle dabei sind."

„Sie fühlen sich wahrscheinlich sehr zu Frau Donath hingezogen. Große Geheimnisse werden Sie wohl nicht miteinander haben."

„Nein, das nicht, ich möchte nur nicht, daß jemand über unser Zusammensein spottet."

„Sie machen mich neugierig."

„Ihnen kann ich es erzählen, weil ich weiß, Sie sprechen nicht darüber."

„Nein, ich beteilige mich nicht an dem Tratsch, der hier oft die Runde macht."

„Tratsch, das sollten Sie nicht sagen, Fräulein Ehlert. Worüber soll man reden als über das, was sich im Hause zuträgt? Manche Leute brauchen Unterhaltung."

„Aber auch Sie beteiligen sich nie an dem Geschwätz."

„Nun ja, ich rede im allgemeinen nicht viel. Gerade, daß ich Ihnen jetzt mal etwas anvertrauen möchte. Vielleicht bekommen Sie Lust – hm – also, Frau Donath und ich, wir lesen jeden Morgen in der Bibel und in einem Andachtsbuch."

„Ist das alles, was Sie mir anvertrauen wollten?"

„Und dann beten wir."

Nach einer kleinen Pause sagte Fräulein Ehlert: „Ja, ich verstehe, es wäre schon möglich, daß darüber einige spotten würden. Ich finde es etwas merkwürdig, aber es ist weder zum Lachen noch zum Spotten."

„Frau Donath kann so gut erklären, was mir in der Bibel unverständlich ist."

„Ich verstehe davon nicht das Geringste. Das heißt, ich lese gar nicht in der Bibel."

„Das sollten Sie aber einmal tun. Ein wenig verstehe ich schon. Bei uns zu Hause lasen wir immer die Bibel. Ich ging mit meinen Eltern regelmäßig zum Gottesdienst. Darum kenne ich eine Anzahl Sprüche und biblische Geschichten. Manches fällt mir wieder ein, wenn wir morgens lesen."

„Das ist schön, wenn Sie auf diese Weise eine Erinnerung an Ihr Elternhaus haben. Außerdem ist ein Zusammensein mit Frau Donath bestimmt der schönste Zeitvertreib, den man hier haben kann."

„Es ist kein Zeitvertreib, es ist – wie soll ich sagen – es ist – ich bin jetzt meist richtig glücklich."

„Nun, Sie waren schon immer ein zufriedener Mensch."

„Zufrieden sein ist nicht genug, sagt Frau Donath."

Frau Quandt hatte noch etwas zu sagen und kämpfte offensichtlich mit sich. Fräulein Ehlert sah die kleine, bescheidene Frau von der Seite an. Fand sie nicht die rechten Worte, oder warum sah sie so hilflos und verlegen drein?

Ermunternd fragte Fräulein Ehlert: „Ja – und –?"
„Ich habe meinen Heiland wiedergefunden."
Fräulein Ehlert blieb mitten auf dem Wege stehn.
„Was sagen Sie da? Heiland? Das ist eine sehr kindliche Auffassung. Ich bin weit davon entfernt, Ihre Worte lächerlich zu finden. Aber das verstehe ich einfach nicht."
„Es heißt an einer Stelle in der Bibel: ‚Wenn ihr nicht werdet wie die Kinder, könnt ihr nicht in das Himmelreich kommen.'"
Schweigend setzten beide ihren Weg fort.
„Wenn ich nur den Mut fände, allen davon zu erzählen", sagte Frau Quandt nach einer Weile.
„Was sollte das nützen? Sie würden nur Spott ernten. Ich höre in Gedanken das Hohngelächter von Frau Dürschke. Glauben Sie mir, niemand würde Sie verstehen!"
„Ich meine, gerade Frau Dürschke könnte es helfen. Sie ist so unzufrieden, so mürrisch. Sie hat nichts, woran sie Freude findet, woran sie sich halten kann. Drum ist sie so – so –"
„Sagen Sie es nur: so böse. Glauben Sie wirklich, Frau Dürschke wäre mit Ihrem Heiland geholfen? Der kann kein Mensch helfen, kein Gott oder Heiland."
„Einem unglücklichen Menschen kann nur Gott helfen. Bitte, lachen Sie mich nicht aus! Wir beten für Frau Dürschke, Frau Donath und ich."
„Das ist vergebliche Liebesmüh."
Eine Weile ging Frau Quandt schweigend neben Fräulein Ehlert her. Der Kies unter ihren Füßen knirschte leise. Hinter sich hörten sie Schritte. Frau

Hensel und Frau Heim kamen den Weg herunter. Frau Quandt und Fräulein Ehlert blieben stehen und ließen die beiden andern herankommen.

Leise sagte Frau Quandt: „Fräulein Ehlert, wir beten auch für Sie."

„Oh, das ist sehr nett von Ihnen. Wenn es auch nichts nützt, schaden kann es auf keinen Fall."

Frau Hensel, wie immer mühsam und langsam laufend, war mit Frau Heim herangekommen.

„Ich gehe Ihnen sicher zu langsam. Sie brauchen nicht auf mich zu warten."

„Wir haben genausoviel Zeit wie Sie und Frau Heim", sagte Fräulein Ehlert, „und schneller laufen wollen wir auch nicht."

„Wir sind alle keine jungen Pferde mehr, die davongaloppieren", meinte Frau Heim. „Man muß sich zum Spazierengehen immer aufraffen. Dabei ist es so gesund. Die letzten schönen Herbsttage sollte man noch nutzen. Bald hocken wir lange genug im Zimmer."

„Besonders für Sie ist es wichtig, daß Sie sich bewegen, Frau Hensel", meinte Fräulein Ehlert. „Sie sollten jeden Tag eine Stunde spazieren gehen. Wir haben hier die beste Gelegenheit dazu."

„Sie haben gut reden, wenn ich nur könnte!"

„Man muß sich zusammenreißen", fuhr Fräulein Ehlert fort. „Sehen Sie sich Frau Donath an. Sie ist bestimmt schlimmer dran als Sie. So oft es das Wetter erlaubt, rollt sie mit ihrem Wagen ein wenig durch die Gegend. Das ist bestimmt sehr anstrengend. Und doch hört man von ihr niemals eine Klage."

„Das kommt daher, weil sie so gläubig ist."

„Gläubig? Wie meinen Sie das, Frau Quandt? Halten Sie mich für einen Heiden? Ich bin auch gläubig. Sie mit Ihrem ständigen ‚man muß zufrieden sein' haben gut reden. Ob Sie das auch sagen würden, wenn Sie dauernd Schmerzen hätten?"

„Ich wollte Sie nicht kränken, Frau Hensel."

„Frau Donath ist eine außerordentliche Frau", lenkte Frau Heim von Frau Hensels Klagen ab. „Wir alle können uns ein Beispiel an ihr nehmen. Ob die Lähmung ihrer Beine eine Alterserscheinung ist? Oder handelt es sich vielleicht um eine unheilbare, fortschreitende Krankheit?"

„Das habe ich mich auch schon gefragt. Neulich, als ich gelegen habe, besuchte mich Frau Donath. Im Laufe des Gespräches kam ich auf ihre Behinderung zu sprechen. Sie deutete nur an –"

„Nun hören Sie bloß auf mit Ihren merkwürdigen Vermutungen", unterbrach Fräulein Ehlert Frau Hensel. Die ließ sich aber nicht davon abhalten, weiter über das Thema zu sprechen.

„Vermutungen, sagen Sie. Frau Donath hat zugegeben, daß es sich um einen Unfall handelt, den der junge Baron verursacht hat."

„Mir haben Sie es anders dargestellt, soweit ich mich erinnere."

„Wenn ich auch nicht so intim mit Frau Donath bin wie Sie, Fräulein Ehlert, so hat sie mir gegenüber doch geäußert, daß es sich um die Folgen eines Unfalls handelt."

„Man macht sich darüber schon Gedanken", sagte Frau Heim. „Natürlich würde ich es nie wagen, sie auch nur indirekt danach zu fragen. Wenn sie von einem Unfall gesprochen hat, so sagt sie vielleicht deshalb nicht mehr darüber, um niemanden anzuklagen. Das sähe ihr ganz ähnlich."

„Man braucht nicht jemand anzuklagen, wenn man eine Tatsache erzählt. Im übrigen weiß man von dieser Frau überhaupt so gut wie gar nichts. Sobald man auf ihre Vergangenheit und ihr Schicksal zu sprechen kommt, lenkt sie ab."

„Was man respektieren muß. Von mir und meinem Schicksal wissen Sie ja auch so gut wie nichts, Frau Hensel. Was wir von Ihnen wissen, haben Sie uns zu bereitwillig immer wieder erzählt."

„Immer wieder? Ich wüßte nicht –"

„Streiten wir nicht", begütigte Frau Heim, und Frau Quandt fügte hinzu: „Mancher hat das Bedürfnis, sich auszusprechen, der eine mehr, der andere weniger."

„Zugegeben, aber ich halte es nicht für richtig, Vermutungen auszusprechen, die man sich selber aus den Fingern gesogen hat."

„Wenn Sie mich damit meinen, Fräulein Ehlert – das mit dem Unfall habe ich mir nicht aus den Fingern gesogen. Das habe ich Ihnen schon neulich gesagt."

„Ich verstehe nicht, warum Sie sich so für Frau Donath und ihr Schicksal interessieren."

„Ich glaube", sagte Frau Heim, „mehr oder weniger interessieren wir uns alle für diese Frau. Nicht nur wegen ihrer Behinderung. Sie hat etwas an sich, einen gewissen Charme, eine besondere Art von Liebenswürdigkeit, die sie interessant macht."

„Das ist es“, wandte sich Frau Hensel nun an Frau Quandt.

„Frau Heim hat recht. Hat Frau Donath Ihnen gegenüber noch nie etwas verlauten lassen? Sie gehen doch jeden Tag zu ihr.“

„Nein, von ihren Beschwerden spricht sie überhaupt nie.“

„Ich möchte nur wissen, wovon Sie beide alle Tage reden.“

Frau Quandt gab sich einen Ruck.

„Wir reden von Gott und seinem Wort, Frau Hensel.“

„Ja, ja, sie hat es mit dem lieben Gott. Unsereiner ist auch gläubig. Das habe ich ihr neulich gesagt. Wissen Sie, was sie mich gefragt hat? Was ich glaube! So was! Man glaubt an Gott. Oder woran glauben Sie, Frau Quandt, und Sie, Frau Heim? Oder Sie Fräulein Ehlert?“

Zu ihrem Erstaunen hörte sich Fräulein Ehlert sagen: „Bei Frau Donath ist das anders. Sie glaubt an einen wirklichen Gott. Sie redet nicht nur von ihm. Man könnte sie darum beneiden. Einmal sagte sie: Sie glaubt nicht, weil sie gelähmte Beine habe, sondern obwohl sie gelähmt sei. An ihrem Glauben ist etwas dran – wenn Sie verstehen, was ich meine.“

„Ja, das ist es. Sie ist ein Mensch wie alle anderen auch, aber sie hat etwas anderes als alle andern. Das ist ihr Glaube. Der macht aus ihr einen so frohen und starken Menschen.“

„Ich glaube und bete auch. Davon gehen aber meine Schmerzen nicht weg, und laufen kann ich deshalb auch nicht besser.“

„Ach, lassen wir das! Jeder muß nach seiner Fasson selig werden, hat der Alte Fritz gesagt."

„Ach, hat das wirklich der Alte Fritz gesagt? Das war doch irgend so ein König? Ich bin in Geschichte nicht bewandert."

Die vier Frauen hatten ihren Rundgang beendet und gelangten bei der Terrasse an.

Frau Hensel, bemüht, das ihr unangenehme Gespräch über Gott und Leiden nicht länger fortzusetzen, sagte: „Gleich kommt die Tagesschau. Die möchte ich nicht verpassen. Ich gehe ins Haus. Meine Beine wollen nicht mehr."

Frau Quandt half ihr die wenigen Stufen hinauf. Sie sagte: „Sie sollten einmal in Ruhe mit Frau Donath über den Glauben sprechen."

„Schon gut, Frau Quandt. Ich bin ein frommer Mensch und brauche keinen Religionsunterricht."

Der Gesang der Frauen, der Frau Dürschke so sehr geärgert hatte, zeitigte noch andere Folgen.

Herr Wendler erklärte seiner Frau, die regelmäßig zu Frau Donath in die Handarbeits- und Bastelrunde ging, das Singen der Frauen habe ihn überrascht, es hätte gar nicht so übel geklungen.

„Das bringt mich auf eine Idee, Luise. Wir haben so viele Jahre im Kirchenchor gesungen, und ich glaube, ich habe meine Stimme auch noch nicht ganz verloren."

„Das hast du gewiß nicht, Leo. Willst du etwa mit uns Frauen singen?"

„Das fehlte gerade noch. Ich habe etwas Besseres vor. Was ihr Frauen könnt, das können wir Männer schon lange. Fragt sich nur, ob die andern mitmachen."

„Es sind vierzehn Männer im Haus, das genügt, um einen kleinen Chor aufzustellen. Sprich mal mit ihnen. Vielleicht warten sie nur darauf, auch etwas zu tun, nachdem sie uns Frauen so eifrig bei der Arbeit sehen."

Gesagt, getan.

Außer Herrn Vogel waren dazu alle Männer bereit. Mit einem solchen Erfolg hatte Herr Wendler nicht gerechnet.

Einige Herren stellten eine Bedingung.

„Wenn wir etwas einüben, dann wollen wir es auch irgendwann zum besten geben", meinten sie.

„Das versteht sich von selbst", sagte Herr Wendler. „Bald ist Weihnachten. Da können wir etwas vortragen, außerdem, wenn jemand Geburtstag hat."

„Nein", protestierte einer, „hier hat immer jemand Geburtstag. Sagen wir, wenn jemand eine runde Zahl erreicht hat, siebzig oder achtzig."

„Darüber werden wir uns noch einig werden. Schade, daß Herr Vogel nicht mitmachen will. Sie verstehen sich doch besonders gut mit ihm, Herr Korn. Wollen Sie ihn deswegen nicht noch einmal ansprechen?"

Dazu war Herr Korn gern bereit. Er suchte den „Inspektor" im Raucherzimmer auf und fiel gleich mit der Tür ins Haus.

„Nun sag' mir nur, warum du nicht mitsingen willst. Wir sollten den Weibern mal zeigen, was Einmütigkeit ist. Wir Männer sind untereinander ja nicht verzankt."

„Ich bin nun mal nicht für die Art, wie die Baronin plant und organisiert. Sie möchte am liebsten alle unter einen Hut bringen, aber ohne mich, mein Lieber. Ich lasse mich zu nichts zwingen."

„Von zwingen kann gar keine Rede sein, mein Lieber. Und Frau Donath hat mit unserem Singen nichts zu tun. Herr Wendler ist auf die Idee gekommen, und ich meine, wir sollten den Frauen beweisen, daß wir Manns genug sind, auch ohne Anleitung von irgendeiner Seite und ohne den Einfluß von Frau Donath etwas zustandezubringen."

„Aha! Wenn das so ist, schließe ich mich nicht aus. Ich habe zwar noch nie in einem Gesangverein gesungen, habe aber eine gute Stimme – oder, sagen wir, hatte. Ich muß mal probieren, ob es noch geht. La–la–la–la!" Er trällerte den Dreiklang und war ebenso überrascht wie sein Freund Korn.

„Ich glaube, es geht noch."

„Und ob es geht! Komm, das müssen wir Herrn Wendler sagen."

„Hm, aber wo soll unser Verein tagen?"

„Darum wird sich unser Chorleiter schon kümmer. Gehen wir erst mal zu ihm und melden dich an."

Herr Wendler war sehr erfreut, und als Herr Vogel ihm sein La–la–la–la vortrug, war er geradezu entzückt.

„Sie haben ja einen wunderbaren Tenor! Ich werde mit Frau Klarus sprechen. Wenn sie hört, daß wir Männer uns einstimmig dafür ausgesprochen haben, einen Chor zu bilden, wird sie schon Rat wissen."

Frau Klarus hörte sich amüsiert Herrn Wendlers

Rede an. Er hielt ihr nämlich einen kleinen Vortrag über den Wert des gemeinsamen Gesanges, über die Belebung, die er schaffe und über die Einigkeit, die zwischen den Männern bezüglich dieses Unternehmens herrsche.

„Diese Einigkeit sollen uns die Weiber – Verzeihung – die Frauen mal nachmachen“, schloß er seine Rede.

Frau Klarus unterließ es, ihren Gedanken auszusprechen, daß man nämlich unter vierzehn Leuten eher eine Übereinstimmung herstellen könne als unter fünfzig und mehr. Die Frauen waren ja in so großer Überzahl im Hause. Sie ging sofort auf die Wünsche ein.

„Da Sie einen so schönen Plan haben, Herr Wendler, kann ich Ihnen meine Hilfe bezüglich eines Übungsraumes nicht versagen. Ich denke an das Fernsehzimmer im zweiten Stock. Dort stören Sie niemand. Das Zimmer kann zweimal in der Woche für Ihren Chor reserviert werden. Oder wollen Sie häufiger proben?“

„Das wird sich herausstellen. Wenn wir für etwas Besonderes proben, muß es vielleicht auch häufiger sein. Hauptsache ist erst mal, wir bekommen einen Raum, den wir während der Proben abschließen können. Wie ich unsre Wei–, Frauen kenne, sind sie neugierig und lauern vor der Tür, kommen herein, tuscheln und so weiter – dabei kann man nicht üben.“

„Abschließen? Ich weiß nicht, Herr Wendler. Da könnten die Frauen sagen, sie wollen den Salon abschließen, wenn sie basteln und handarbeiten.“

„Das ist etwas anderes. Der Salon ist immer für alle da."

„Gut, am Abschließen soll Ihr schönes Unternehmen nicht scheitern. Ich freue mich sehr über Ihren Entschluß."

„Vielen Dank! Wir werden gleich morgen anfangen. Dort oben sind wir ungestört und, wie Sie schon sagten, stören auch niemand."

Darin täuschte sich Herr Wendler ebenso wie Frau Klarus.

Frau Dürschke bewohnte im zweiten Stock das ehemalige Gästezimmer. Kaum war durchgesickert, was die Männer vorhatten und wo sie ihr Vorhaben durchführen würden, lief sie zu Frau Klarus. „Also nun wird man nicht einmal mehr in seinem Zimmer Ruhe haben", fiel sie mit der Tür ins Haus.

„Ich weiß gar nicht, was Sie wünschen, Frau Dürschke."

„Ich habe gehört, daß oben im Fernsehzimmer gesungen werden soll. Auf die Idee ist natürlich niemand anders gekommen als die Baronin, der es noch nicht genug ist, mich erst aus meinem Zimmer zu vertreiben und dann im Salon zu verspotten. Aber unsereiner –"

„Niemand hat sie aus Ihrem Zimmer vertrieben", unterbrach Frau Klarus die Erregte, „womit Sie wohl Zimmer vierzehn meinen. Es ist durch den Tod von Frau Schmitz frei geworden. Darüber möchte ich weiter kein Wort verlieren. Sie haben, wie gewünscht, ein Einzelzimmer bekommen, mehr kann ich für Sie nicht tun. Was den Chor der Männer betrifft, so werden Sie dadurch bestimmt nicht gestört.

Ihr Zimmer liegt am entgegengesetzten Ende des Flures. Im Haus sind Gemeinschaftsräume, in denen Sie sich aufhalten können, wenn die Herren proben und singen ..."

„Ja, wir haben den Salon, da sitzt die Baronin mit ihrer Clique, von der man belästigt wird. Jetzt hat sie das mit den Männern ausgeheckt, damit ich nicht mal in meinem Zimmer Ruhe habe."

„Frau Donath hat damit nicht das Geringste zu tun. Im übrigen sind noch zwei Fernsehzimmer da."

„Ja, wo es immer Streit gibt wegen der Programme."

„Das höre ich zum ersten Mal. Jedenfalls ist das dritte Programm kaum gefragt, so daß es wenig ausmacht, wenn die Sänger das Zimmer benutzen. Es ist ja auch nur für ein, zwei Stunden am Nachmittag oder Vormittag. Haben Sie sonst noch etwas zu sagen?"

„Ich konnte mir schon denken, daß ich kein Recht bekomme. Unsereiner –"

„Frau Dürschke, ich habe keine Lust, mir anzuhören, was ‚unsereiner' tut und nicht tut, bekommt oder nicht bekommt. Sie sind nie zufrieden, haben immer etwas auszusetzen. In einer Gemeinschaft wie in diesem Heim kann man nicht nur auf eigene Wünsche bestehen. Das geht nicht einmal, wenn Sie irgendwo für sich allein leben. Ob jung oder alt, einordnen müssen wir uns alle wohl oder übel. Wann werden Sie das begreifen?"

„Auf andere wird mehr Rücksicht –"

„Ich muß Sie unterbrechen. In einer grundsätzlichen Frage habe ich auf Ihren Wunsch Rücksicht genommen, obwohl das gar nicht so selbstverständlich war, wie Sie anzunehmen scheinen – in Ihrem Wunsch nach einem Einzelzimmer. Das übersehen Sie völlig. Sie können sich also jederzeit zurückziehen, wenn Sie ungestört sein wollen. Und nun halten Sie mich bitte nicht länger auf. Ich habe zu arbeiten."

Murrend verließ Frau Dürschke den Raum. Nur ein Wort verstand die Heimleiterin von dem Gemurmel: „Unsereiner –"

Eines der ‚stillen Zimmer' stand plötzlich leer. Auch das erfuhr man im Hause ohne besondere Bekanntgabe. So unbemerkt man einen Sarg ins Haus hinein und auch wieder hinaustrug, so selten die Leutchen im ‚stillen Zimmer' besucht wurden, ehe sie es für immer verließen, das Wissen um diesen letzten Gang eilte durchs Haus.

Bei jedem Todesfall war vorauszusehen, daß der leergewordene Platz wieder belegt sein würde.

Da waren die beiden Neunzigjährigen, die immer vor dem Bildschirm einschliefen. Auch die hinfällige Frau Strom konnte für die Dauer nicht in ihrem Zimmer verbleiben, ja, man munkelte hinter vorgehaltener Hand, über kurz oder lang müßte auch Frau Hensel in eines der ‚stillen Zimmer' übersiedeln. Dabei gehörte sie zu den Jüngsten im Haus. Wie würde sie eine solche Maßnahme der Heimleitung aufnehmen?

Fräulein Ehlert meinte einmal, es sei töricht von ihr, oft tagelang in ihrem Zimmer zu bleiben und sich dort bedienen zu lassen. Frau Dürschke aber sagte ohne Umschweife, daß es alle hören konnten: „Die Hensel spielt mal wieder krank." Damit hatte sie nicht einmal ganz unrecht.

Gwendolin, die sich viel um Frau Hensel bemühte, suchte sie am gleichen Tag auf – einmal, um sich zu überzeugen, ob Frau Dürschkes lieblose Bemerkung zutraf, zum andern, um Frau Hensel nicht erst tagelang in ihrer Depression alleinzulassen.

Frau Hensel rief nicht herein, als Frau Donath bei ihr anklopfte. Leise öffnete diese die Tür. Frau Hensel lag, wie bei Gwendolins erstem Besuch, angekleidet auf der Couch. Es war nicht zu erkennen, ob sie geschlafen hatte. Sie öffnete die Augen nur kurz und drehte sich zur Wand. Gwendolin rollte mit ihrem Wagen an die Liege.

„Geht es Ihnen wieder einmal nicht gut, Frau Hensel?"

„Ach, lassen Sie mich in Ruhe!" kam es verdrossen zurück.

„Ich bin gekommen, um Sie ein wenig aufzumuntern. Wenn Sie hier den ganzen Tag allein liegen, ändern Sie nichts. Kommen Sie hinunter in den Salon. Wir brauchen jede Hand, wenn wir mit den Puppen rechtzeitig fertig werden wollen."

„Ich kriege doch nichts zustande."

„Sagen Sie das nicht. Gerade Sie haben eine geschickte Hand für diese Arbeit. Ich habe gesehen, wie akkurat Sie handarbeiten."

„Ich mag nicht immer mit so vielen Menschen zusammensein. Ich will meine Ruhe haben."

„Nun hören Sie einmal gut zu, meine Liebe", sagte Gwendolin. „Wenn Sie hier allein herumliegen, grübeln Sie nur und wälzen Probleme, die Sie sich selber machen. Vergangenes ändern wir nicht, mit den Gegebenheiten muß man sich abfinden."

„Wenn man immer Schmerzen hat – "

„Dann muß man vor allen Dingen dafür sorgen, daß man von ihnen ein wenig abgelenkt wird, es sei denn, die Schmerzen werden unerträglich."

„Ich habe immer Schmerzen. Sie scheinen nicht zu wissen, wie das ist."

„Reden wir nicht von meinen Schmerzen. Sie selber haben neulich angedeutet, daß Sie von Ihrem Arzt Tabletten erhalten, die Ihre Schmerzen lindern. Ich habe den Eindruck, Ihre Beschwerden sind seelischer Art. Dagegen helfen Tabletten nur wenig. Sie sollten vielmehr darüber nachdenken, was Gott an uns trotz mancherlei Altersbeschwerden noch Gutes tut, es sei denn, Sie bedrückt eine Schuld. Mit der müssen wir aber zu Jesus gehen."

„Schuld – wie kommen Sie mir vor? Ich bin ein anständiger Mensch. Aber Sie haben gut reden, Sie werden von allen hofiert –"

„Von Frau Dürschke zum Beispiel", warf Gwendolin ein, und schon bereute sie, das gesagt zu haben.

„Ach die, die macht jeden und alles mies! Aber die andern schwärmen um Sie herum. Naja, Sie sind immer nett und freundlich. Aber Sie können nicht wissen, wie mir zumute ist. Sie haben keine Kinder, die Sie abgeschoben haben."

„Ich wäre sehr glücklich, wenn ich Kinder hätte."

„Die jungen Leute denken nur an sich. Meinen Sie, meine Kinder hätten mich überredet, hierher zu gehen, wenn sie dafür auch nur einen Pfennig hätten zahlen müssen? Sie wußten genau, daß meine Rente zusammen mit den Einnahmen aus meinem Haus alle Kosten decken würde. Das haben sie mir vorher genau ausgerechnet und es so golden hingestellt – ach, das habe ich Ihnen ja schon alles erzählt!"

„Sie haben mir gesagt, es wäre Ihnen aus gesundheitlichen Gründen nicht möglich gewesen, allein in Ihrem Haus zu bleiben. Nach Ihren häufigen Schwächezuständen zu urteilen, oder wie ich es nennen soll, sind Sie hier wirklich besser aufgehoben als in Ihrem Haus. Da hätten Sie wahrscheinlich nicht einmal gekocht und gegessen, wenn Sie so deprimiert waren, wie Sie jetzt sind."

„Deprimiert? Ja, das bin ich, und ich versuche immer wieder, mich aufzuraffen. Aber manchmal kann ich einfach all die Leute unten im Saal und im Salon nicht ertragen."

„Wenn Sie schon das Bedürfnis haben, allein zu sein, so sollten Sie wenigstens hier etwas tun. Wie ich schon sagte, Sie machen so schöne Handarbeiten. Man kann sich auch, wenn man allein ist, den Tag sinnvoll einteilen. Vormittags zum Beispiel handarbeiten, nachmittags lesen –"

„Lesen – da bekomme ich Kopfschmerzen", erklärte Frau Hensel.

„Sie könnten dazwischen ein wenig im Park spazierengehen oder einmal in die Stadt fahren. Es gibt so viele Möglichkeiten, sich zu beschäftigen und abzulenken."

„In der Stadt herumlaufen oder im Park – mit meinen schmerzenden Knien?"

„Durch das viele Liegen werden Ihre Knie gewiß nicht besser."

Frau Hensel drehte sich zur Wand.

„Ach, lassen Sie mich in Ruhe! Ich wünschte, ich wäre tot."

„Und dann?"

„Was – und dann?" fuhr Frau Hensel herum und richtete sich halb auf.

„Sie sagten mir einmal, daß Sie an Gott glauben, so wie Sie es in der Schule und im Konfirmandenunterricht gelernt haben. Dort haben Sie unter anderem bekannt: ‚Ich glaube an die Auferstehung von den Toten.' Demnach folgt etwas nach dem Tod, wenn wir uns auch nicht vorstellen können, wie das sein wird."

„Nun fangen Sie auch noch zu predigen an und erinnern einen alten Menschen an den Tod. Das hat mir gerade noch gefehlt."

„Sie haben das Thema angeschnitten. Sie haben vom Tod gesprochen. Ich habe Ihre Gedanken nur aufgegriffen."

„Ich sag's noch einmal, lassen Sie mich in Ruhe und regen Sie mich nicht auf. Mir ist nicht gut. Ich habe Kopfschmerzen. Die werden von Ihrem Gerede nicht besser. Ich will nichts sehen und nichts hören. Sie können mir auch nicht helfen."

„Dies Gefühl habe ich leider auch. Ich habe sogar den Eindruck, Sie wollen gar keine Hilfe, keinen Rat. Gott allein kann Ihnen helfen. Wenn Sie doch zu ihm Ihre Zuflucht nehmen wollten! Ich kann nichts anderes tun, als für Sie zu beten."

„Das hilft auch nichts."

Gwendolin ließ die Unglückliche allein. Tiefe Mutlosigkeit überfiel sie. Lange saß sie in ihrem Zimmer mit gefalteten Händen. Wußten hier im Haus nicht alle, daß sie auf der letzten Station ihres Lebens angekommen waren? Mußte man erst krank und völlig hilflos sein wie die in den ‚stillen Zimmern', ehe man erkannte, daß wider den Tod kein Kraut gewachsen ist, ehe man sich der ungeheuren Wahrheit bewußt wurde, daß es keinen Ausweg, keine Flucht vor dem unwiderruflichen Zu-Ende-Sein gibt? Die Frage nach dem Tod war doch zugleich eine Lebensfrage.

Für viele, die sich Christen nannten, war Gott nur eine ferne, nebelhafte Vorstellung. Jesus bedeutete ihnen gar nichts, obwohl sie auf seinen Namen getauft waren und sich Christen nannten. Wer glaubte noch an einen persönlichen Gott? Sie dachte an die Missionsberichte, die ihr regelmäßig zugeschickt wurden. Wo sind die Missionare, die den Weißen das Evangelium verkündigen? Setzte man nicht voraus, daß jeder Kirchgänger das wirklich glaubte, was er hin und her vor dem Altar im Glaubensbekenntnis bekannte?

Aber wie gering war der Prozentsatz der Kirchgänger, und von ihnen nahmen nicht einmal alle die „Erlösung vom Tode und der Gewalt des Teufels" für sich in Anspruch.

Gwendolins Besuche in den ‚stillen Zimmern' blieben unbemerkt, weil sie dazu die Zeit der Mittagsruhe wählte. Für die Leutchen auf dieser allerletzten Station des Lebens verliefen die Tage zeitlos. Deshalb hatte Schwester Siglinde nichts dagegen einzuwenden, wenn ihre Schützlinge zu dieser Zeit besucht wurden.

Gwendolin hatte bald herausgefunden, wo sich ein Besuch noch lohnte. Nur wenige in den ‚stillen Zimmern‘ waren fähig, Eindrücke aufzunehmen. Das bedrückte Gwendolin sehr. Kam hier und da ein kleines Echo, zeigte sich ein freudiges Lächeln, wenn sie das Zimmer betrat, so war ihr das schon ein Geschenk. Besonders froh machte sie jede Frage nach einem Bibelspruch oder einem Gesangbuchvers.

Im letzten Zimmer lag ein Herr Letzgus, zweiundneunzig Jahre alt. Wie sie von Schwester Siglinde erfahren hatte, lag er schon länger als ein Jahr. Er hatte immer den gleichen friedlichen Gesichtsausdruck. Öffnete Gwendolin die Tür, schaute er ihr entgegen und winkte mit der Hand. Mit seiner dünnen, leisen Greisenstimme begrüßte er sie.

„Wie geht es heute, Herr Letzgus?“ fragte sie ihn.

„Gut, gut, meine liebe Frau – Frau – Frau –“

„Donath“, ergänzte sie, da er sich ihren Namen nicht merken konnte.

Er fuhr fort: „Gottes Güte – alle Morgen neu. keine Schmerzen. Das ist wunderbar. Was lesen Sie mir heute vor?“

Gwendolin holte ihre Bibel hervor und schlug Jakobus Kapitel 4 auf. „Heute gab es ein Wort in der Losung, das paßt so gut für uns Alte, Herr Letzgus. Luther zwar hat den Jakobusbrief eine hölzerne Epistel genannt, aber sie enthält doch viel Gutes für einen Gläubigen. Im vierten Kapitel lesen wir Vers 13 und 14: ‚Wohlan nun, die ihr saget: Heute oder morgen wollen wir gehen in die oder die Stadt und wollen ein Jahr dort zubringen und Handel treiben und Gewinn machen, – die ihr nicht wisset, was morgen sein wird. Denn was ist euer Leben? Ein Dampf seid ihr, der eine kleine Zeit währt, danach aber verschwindet er.' So ist es doch, Herr Letzgus, und wir Alten wissen das nur zu gut."

„Morgen – vielleicht gehe ich morgen in die ewige Stadt. Ich warte darauf."

Es waren immer beinahe die gleichen Worte, die er sagte. Sein Denken, alle seine Wünsche kreisten nur um das eine, endlich heimgehen zu können. Und doch war er nicht ungeduldig. Er war Schwester Siglindes liebster und geduldigster Pflegling.

„Herr Letzgus gibt mir immer Auftrieb, wenn meine Kraft manchmal zu erlahmen droht", hatte sie Gwendolin anvertraut.

„Wenn man so alt – wie alt bin ich nun?" fuhr Herr Letzgus fort. „Ich weiß es nicht genau – da denkt man nur an ihn! Vielleicht holt er mich morgen heim. Er weiß die rechte Stunde."

„Ja, Herr Letzgus, er weiß sie! Das ist ein starker Trost."

„Wie er will, liebe Frau – Frau –"

Gwendolin rollte aus dem Zimmer. Der nur wenige Jahre jüngere Mann, der neben Herr Letzgus lag, dämmerte dahin, ohne noch etwas aufzunehmen. Wie immer, wenn sie Herrn Letzgus verlassen hatte, verweilte Gwendolin noch ein Weilchen auf dem Korridor und blickte in den Garten hinaus. Sie faltete die Hände.

„Warum, Herr, darf dieser alte, hilflose Mensch nicht endlich heimgehen? Warum muß sein Bettnachbar, wie so mancher hier, dahinvegetieren? Was hast du noch für mich vorgesehen? Werde ich so ergeben und geduldig sein, wenn ich nichts mehr tun kann? Aber wer bin ich, daß ich solche Gedanken hege? Ich will nicht mit dir rechten. Mein eigenes Leiden habe ich angenommen. Ich kann noch immer nützlich sein. Läßt du Herrn Letzgus nur noch deshalb hier, weil Schwester Siglinde ihn braucht? Aber all die andern? Sind sie nur noch Aufgabe und Prüfstein für die jüngeren Menschen? Gäbe es für sie nicht bessere Aufgaben?"

Verstehen, nein, verstehen können wir ihn nicht, den Herrn der Welt, den Schöpfer aller Dinge, den Herrn über Leben und Tod. Müssen wir nicht jeden Tag aufs neue lernen, ihm zu vertrauen, blind und gläubig? Müssen wir uns nicht immer wieder durchringen, um zu seiner Führung ‚ja' sagen zu können? Wie sind nur diejenigen mit dem Leben und allen Schicksalsschlägen fertig geworden, die ohne Gott leben? Wie werden sie mit dem Sterben fertig?

Da war noch eine Uralte, die Älteste im Heim, wenn auch schon lange bettlägerig, so doch noch klaren Geistes. Gwendolin wäre am liebsten an ihrem Zimmer vorbeigefahren. Diese Frau Kurz, die von ihren Enkelkindern und Urenkeln oft besucht wurde, hatte für Gott und sein Wort nur Spott, jenen gutmütigen Spott, der den andern nicht verletzen will. Hatte es überhaupt Sinn, nach ihr zu sehen?

Gwendolin, von einem unerklärlichen inneren Drang getrieben, drückte schweren Herzens die Klinke nieder und schickte ein Stoßgebet zum Himmel.

Frau Kurz würde wieder von nichts anderem sprechen, als von ihrem bevorstehenden Fernsehauftritt. Jedesmal erzählte sie davon, als sei es eine Neuigkeit. So lebhaft sie auch noch war, sie vergaß von einem Tag zum andern, was sie schon wer weiß wie oft erzählt hatte. Aber nicht darüber war Gwendolin bedrückt, sondern vielmehr dadurch, daß es für diese Frau an der Schwelle des Todes nichts anderes gab.

„Ha, da kommt unsre Heilige!" rief die Uralte und richtete sich ein wenig im Bett auf. „Wie geht es Ihnen?"

„Das wollte ich Sie fragen, Frau Kurz. Ich sehe, Sie sind munter wie eh und je."

„Ja, das möchte ich sein. Wissen Sie schon, daß ich demnächst ins Fernsehen komme? Wenn man hundert wird, kommen sie und fotografieren einen und fragen, wie man es macht, damit man hundert Jahre alt wird."

Die Frau im Nebenbett stöhnte leise.

Gwendolin wandte sich dieser Frau zu und fragte: „Kann ich etwas für Sie tun? Haben Sie Schmerzen?"

„Ach, mit der können Sie nichts anfangen. Die versteht nichts mehr. Die wird keine hundert Jahre alt wie ich."

„Nächsten Monat ist es so weit, nicht wahr?"

„Ja, nächsten Monat." Sie kniff die Augen zusammen. „Ich weiß es nicht genau. Meine Enkelin hat es dem Fernsehen schon gemeldet."

„Das wird ein großes Ereignis werden, Frau Kurz."

Vergeblich suchte Gwendolin nach einem guten Wort. Sie fand keinen Anknüpfungspunkt für ein fruchtbares Gespräch.

„Meine Enkelin", fuhr die Uralte fort, „die Stella, wissen Sie, die große Blonde, hat mir wieder eine Flasche Kognak mitgebracht. Wollen Sie ein Gläschen?"

„Danke, Frau Kurz! Bei festlichen Gelegenheiten trinke ich schon mal ein Glas Wein, sonst mache ich mir nichts aus Alkohol."

„Für mich ist das Medizin. Das werde ich denen vom Fernsehen sagen. Ich muß nämlich was sagen, das hat mir meine Enkelin Stella gesagt, die große Blonde, wissen Sie. Das hören dann hunderttausend Leute."

„Das ist Ihnen wohl sehr wichtig?"

„Klar, ich überlege schon immer, was ich sagen soll. Gut essen und trinken, jeden Tag ein Gläschen Kognak, so was darf ich sagen, meint Stella, meine Enkelin, die große Blonde, wissen Sie. Der Kognak hält mich fit. Fit sagen alle meine Enkelkinder und die Urenkel. ‚Fit' – kann man sich gut merken! Komisch, meine Kinder sind schon alle gestorben. Haben eben nicht jeden Tag ihr Schnäpschen getrunken. Wie alt sind Sie, Frau Heilig?"

Auch diese Frage kehrte jedesmal wieder. Gwendolin sagte: „Dreiundsiebzig, Frau Kurz."

„Da müssen Sie noch lange warten, bis Sie ins Fernsehen kommen. Ja, und nun fahren Sie immer im Haus herum, weil Sie Langeweile haben."

„Ich habe keine Langeweile. Ich mache Besuche, ich möchte –", Gwendolin unterbrach sich seufzend.

Sie hatte weder den Mut noch die Kraft, dieser Frau zu sagen, daß sie allen von Jesus erzählen möchte.

„Sie möchten alle Leute heilig machen, ja, das möchten Sie, das weiß ich. Sie wollen auch mich heilig machen. Aber ich muß überlegen, was ich den Leuten vom Fernsehen sage –"

Plötzlich sank sie zurück.

„Kognak!" stammelte sie.

Gwendolin starrte entsetzt auf die Hundertjährige. Wie sie die Augen verdrehte!

„Frau Kurz – was ist Ihnen?"

„Kognak!" kam es noch einmal von den welken Lippen.

Gwendolin konnte von ihrem Stuhl aus die Klingel nicht erreichen. Rückwärts fuhr sie durch die Tür auf den Flur hinaus und rief dort nach Schwester Siglinde.

So schnell diese auch herbeieilte, sie konnte nichts mehr für Frau Kurz tun, als ihr die Augen zuzudrücken.

„Tot? Ist sie wirklich tot?"

Schwester Siglinde nickte nur.

Gwendolin schluchzte auf. „Furchtbar – die arme Frau!"

„Liebe Frau Donath, sie war beinahe hundert Jahre alt. So ein schneller, schöner Tod. Oder hat sie – Sie sagen furchtbar – hat sie einen schweren Todeskampf gehabt? Warum haben Sie mich dann nicht eher gerufen?"

„Todeskampf? Nein."

Verstört fuhr Gwendolin zum Fahrstuhl und zog sich in ihr Zimmer zurück.

Später, als alles Notwendige getan war, ging Schwester Siglinde zu Gwendolin hinauf.

„Hat es Sie so mitgenommen, weil Frau Kurz nie etwas von Gott hören wollte? Ich hatte es schon lange aufgegeben, ihr ein Bibelwort zu sagen."

„Ihr letztes Wort war ‚Kognak'."

„Oh, nun verstehe ich, Frau Donath, warum Sie ‚furchtbar' sagten."

Frau Klarus hatte im Eßsaal einen Adventskranz aufhängen lassen. Auch im Salon brannte die erste Adventskerze.

Am Montag nahm Gwendolin die Gelegenheit wahr, zu den Frauen über den Sinn des Weihnachtsfestes zu sprechen.

Man war im Salon damit beschäftigt, die fertigen Puppen einzupacken. Hier und da galt es noch, Hand anzulegen. Aber die große Betriebsamkeit hatte nachgelassen.

„Hat uns allen diese Arbeit nicht viel Freude gemacht?" leitete Gwendolin das Gespräch ein.

„Ja, mir jedenfalls hat es Spaß gemacht", sagte Meta.

Von allen Seiten kam Zustimmung.

„Warum muß es gerade Weihnachten sein, wenn man jemand eine Freude machen will?" fragte Gwendolin.

„Weihnachten ist nun einmal das Fest der Geschenke", meinte Fräulein Ehlert. „Ich glaube jedoch, von uns Alten erwartet niemand ein Geschenk."

„Sie haben recht, Weihnachten ist zu einem Fest

der Geschenke und des besonderen Genießens geworden. Wir sollten uns einmal überlegen, warum wir eigentlich Weihnachten feiern."

Frau Hensel, die sich wieder im Kreise eingefunden hatte, sah sich nach allen Seiten um und sagte: „Wir sind schließlich Christenleute und kennen die Geschichten vom Christkind und wissen, warum Weihnachten ist."

Frau Platzer warf sich in die Brust: „Christkind! Ja, das ist so ein schöner Mythos, ohne den wir nicht auskommen möchten."

„Das Kommen Jesu Christi ein Mythos?" fragte Gwendolin bestürzt.

„Was denn sonst, Frau Donath? Die Kerzen, das Licht und die Geschenke, das alles hat doch nur symbolische Bedeutung. Ehe die alten Germanen Christen werden mußten, weil es irgendein König, oder wer es nun war, bestimmte, haben sie auch schon so etwas wie ein Lichterfest gefeiert. Das hing mit der Sonne zusammen. Sie waren es halt gewöhnt, um diese Zeit zu feiern, da haben sie eben aufs Christkind umgeschaltet."

„Ganz stimmt das nicht, aber es ist etwas Wahres daran."

„Jedenfalls hat es mir so mein Sohn erklärt."

„Na, da hat er aber einen komischen Glauben", erwiderte Meta, die trotz Tinchen Dürschkes Protest bei dem Kreis blieb, der sich regelmäßig um Frau Donath scharte.

„Weihnachten ist das schönste Fest", fuhr Meta fort. „Man sagt doch auch, es sei das Fest der Liebe. Manchmal merkt man das sogar."

Nun kam von allen Seiten eine Antwort.

„Weihnachten ist ein Familienfest."

„Vor allem ist es ein Fest für Kinder."

„Für Berufstätige gibt es einen kleinen Zwischenurlaub, weil zu den Feiertagen der Jahreswechsel hinzukommt. Ich weiß es noch gut, da konnte man Kräfte sammeln für das neue Jahr mit seinen Bilanzen, Abschlüssen und so weiter."

„Für Sie, Fräulein Ehlert, mag das zutreffen. Für eine Hausfrau ist Weihnachten die größte Strapaze des Jahres."

„Mir hat das nichts ausgemacht. Alle waren fidel und zufrieden, weil es etwas Besonderes zu essen gab. Die Kinder hatten ihren Spaß an den Geschenken, und der Mann freute sich, auch wenn's nur eine Krawatte gab. Es wäre schade, wenn es kein Weihnachten gäbe. Ich freue mich auch jetzt noch darauf!" rief Meta aus.

Gwendolin war enttäuscht. Keine Antwort traf den Kern der Sache.

„Irgendwer, ich glaube, Sie, Frau Hensel, waren es, der gesagt hat, wir sind Christenleute und kennen die Geschichte vom Christkind. Machen wir uns doch einmal klar, was damals in Bethlehem geschah: Eine müde Frau, die einen weiten Weg hinter sich hat und sich nach einem Ruheplatz sehnt, die in Sorge ist, wo sie ihr Kind zur Welt bringen soll, sucht mit ihrem Mann eine Unterkunft. Sie sind vor jeder Tür abgewiesen worden. ‚Geht in den Stall!' sagt der Wirt. Maria ist so elend. ‚Ja – ja, in den Stall, ich kann nicht mehr, Josef!' Josef trägt das Stroh zusammen, damit die stöhnende Frau nicht zu hart liegen muß. Man liest kein Wort darüber, wer Maria später bei der Geburt beigestanden hat. Wahrscheinlich hat ihr Josef geholfen. Wir kennen Bilder, in denen das Kind in der Krippe mit ausgestreckten Ärmchen und strampelnden Beinchen dargestellt ist. Aber zu jener Zeit wurden die Neugeborenen ganz fest eingewickelt, da man glaubte, Bewegungen könnten dem Kind schaden. Andererseits war es gar nicht so etwas Besonderes, daß Jesus in eine Krippe gelegt wurde. Das gab es auch unter normalen Verhältnissen. Ja, da staunen Sie, nicht wahr?"

„Aber warum malt man das denn so verkehrt?" fragte jemand.

„Wahrscheinlich, um die Göttlichkeit des Kindes hervorzuheben. Weihnachten geht es aber gar nicht in erster Linie darum, die göttliche Abstammung Jesu zu betonen, sondern vor allem darum, uns zu zeigen, was Gottes Sohn für uns tat, was er von der ersten Stunde seines Menschwerdens an erlitt. In diesem Stall war es nicht leuchtend hell wie unter unsern Weihnachtsbäumen. Da gab es keine Wärme, keine Schönheit; da waren Entbehrung, Not und Einschränkung. Wir müssen uns die Situation nur einmal deutlich vorstellen. Zum Jubel gab es eigentlich keinen Anlaß. Dennoch konnten die Engel jubeln! Und bei den Hirten war Glanz und Licht. Von dort kam die Kunde: Euch ist heute der Heiland geboren! Ehre sei Gott! Friede auf Erden! Den Menschen ein Wohlgefallen!"

„Friede – davon merkt man so gut wie nichts", widersprach Frau Platzer. „Das stimmt also nicht."

„Genauer gesagt, in unserer heutigen Sprache

ausgedrückt, heißt es auch: Friede den Menschen, die guten Willens sind."

„Ja, das stimmt, Frau Donath. Sie sind so ein Mensch, der guten Willens ist, darum sind Sie auch so friedlich."

„Reden wir nicht von mir. Fragen wir lieber, warum Jesus in die Armut und Verlassenheit dieser Welt gekommen ist, warum er damals in einem Stall geboren wurde."

Die Frauen sahen sich schweigend und achselzuckend an. Nur Frau Quandt lächelte und nickte Gwendolin zu.

„Sagen Sie nur, Frau Quandt, was Sie denken."

„Um zu suchen und selig zu machen, was verloren ist."

„Pah, verloren."

„Ja, Frau Platzer, das ist der eigentliche Sinn des Festes. Jesus ist gekommen, um zu retten, was verloren ist. Wir alle sind ohne ihn verloren."

Frau Platzer stand auf.

„Wenn ich eine Predigt hören will, gehe ich in die Kirche. Ich will aber keine Predigt hören."

Ehe Gwendolin etwas sagen konnte, war sie zur Tür hinaus. War das Schweigen, das nun folgte, Ablehnung? War es stummer Widerspruch?

Gwendolin verlor wieder einmal allen Mut, weiterzureden. War es für dieses Alter zu spät, um die biblische Wahrheit zu erkennen? Wie oft hatte sie nun schon feststellen müssen, daß sie mit der Botschaft von der Erlösung nicht ankam. Wie deprimierend, wie erschütternd war das!

In diesen Wochen vor Weihnachten gab es viel Abwechslung. Die Leiterin des Kinderheimes, der Gwendolin die Arbeiten der Frauen angeboten hatte, kam mit einem Kinderchor und erfreute die Alten mit Weihnachtsliedern. Sie führten ein Krippenspiel auf, und zum Abschluß der Feier erhoben sich die Männer und sangen vierstimmig: „Es ist ein Ros' entsprungen." Sie trugen es gut vor und wurden von allen gelobt. Nicht einmal Frau Dürschke wagte eine abfällige Bemerkung.

Eine Woche nach diesem unterhaltsamen Nachmittag wurden die Frauen, die sich an den Arbeiten für die Kinder beteiligt hatten, ins Kinderheim zu Kaffee und Kuchen eingeladen. Gwendolin blieb in ihrem Zimmer. Für sie war es sehr umständlich, größere Strecken mit ihrem Krankenstuhl zurückzulegen. Den Baron mochte sie nicht extra bitten, sie ins Kinderheim zu bringen. Eigentlich begrüßte sie es, einen Nachmittag ungestört in der Stille ihres Zimmers verbringen zu können. Obwohl sie in den Tagen vor dem Fest weniger in Anspruch genommen wurde, blieb sie doch selten allein.

Häufiger als gewöhnlich gingen die Männer und Frauen, vor allem die Ehepaare, in die Stadt. Die letzten deshalb, um für die Enkelkinder Geschenke zu kaufen. Aber im allgemeinen wollte man wohl nur einen Schaufensterbummel machen und die festlich beleuchteten Straßen sehen.

Am Nachmittag des Heiligen Abends begann um die Kaffeestunde die Weihnachtsfeier im tannengeschmückten Eßsaal. Der Männerchor ließ es sich nicht nehmen, ein paar Lieder vorzutragen. Man merkte ihnen an, wie stolz sie auf ihr Können waren und wie befriedigt sie das Lob hinnahmen, das ihnen gespendet wurde.

Der Pfarrer, der sonst nur zu den Sterbenden gerufen wurde – wenn sie nach ihm verlangten –, sprach über das Kommen Jesu. Es war eine kurze Predigt. Fräulein Ehlert flüsterte Frau Heim nach dem Amen zu: „Das hätte Frau Donath ebensogut, vielleicht noch besser sagen können."

Nach einer kleinen Bescherung gab es Tee oder Kaffee, Weihnachtsgebäck und Stollen. Man saß beisammen und erzählte von früheren Weihnachtsfesten, und je nach Veranlagung schwelgte man mit einem Lachen oder mit einer Träne im Auge in vergangenen Zeiten.

Frau Klarus hatte den Plattenspieler in den Eßsaal bringen lassen, in dem gefeiert wurde. Hier war für alle Platz. Es blieb jedoch nicht bei Weihnachtsmelodien. Bald mischten sich Volkslieder ein, und schließlich entdeckte jemand die Operettenplatten. Die Stimmung schlug um. Es kam so weit, daß einige anfingen, auch die Melodien mitzusingen, was von manchen übelgenommen wurde.

Einige Ehepaare wurden von ihren Kindern abgeholt, und so löste sich die Gemeinschaft bald auf.

Gwendolin erfuhr von alledem erst nach ihrer Rückkehr von Haus Forst. Sie war bald nach der Ansprache des Pfarrers abgeholt worden, um bei Familie von Krüger die Feiertage zu verbringen. Sie hatte sich nicht gleich entschließen können, der Einladung zu folgen, weil sie nicht bevorzugt werden wollte.

Fräulein Ehlert hatte ihr zugeredet.

„Diese Einladung sollten Sie nicht ausschlagen", sagte sie. „Die Weihnachtstage sind nun mal etwas Besonderes, da werden viele zu ihren Verwandten gehen. Sogar ich, die keine nahen Verwandten hat, bin am ersten Feiertag bei meiner Freundin."

Hier und da hörte Gwendolin aus den Gesprächen heraus, wer zum Fest nicht im Haus sein würde. Sie hatte darüber mit Frau Klarus gesprochen.

„Es wird gerade für die Zurückbleibenden schwer sein, wenn sie mit ansehen müssen, daß andere abgeholt werden, sie selber aber haben niemand, der sich in diesen Tagen um sie kümmert."

Frau Klarus lächelte.

„Das sieht Ihnen ähnlich, Frau Donath. Sie möchten sich opfern und hierbleiben, aber das sollten Sie wirklich nicht tun."

„Von opfern kann nicht die Rede sein", erklärte Gwendolin.

„Es ist für uns auch mal ganz gut, wenn nicht alle im Hause sind. Dadurch wird das Personal etwas entlastet. Für diejenigen, die hierbleiben, ist es wahrscheinlich im Heim am angenehmsten. Nicht alle haben verständnisvolle Angehörige."

Der versteckte Hinweis auf die Angestellten machte Gwendolin die Entscheidung leichter. Herr von Krüger hatte ihr versichert, für die Tage ihres Aufenthalts auf Haus Forst stände ihr eine Pflegerin zur Verfügung, so daß sie für niemand eine Belastung sei. Das gab dann den Ausschlag.

Frau Dürschke allerdings hatte tagelang gemeutert, weil ihre Töchter sich nicht einig werden konnten, zu wem die Mutter an den Festtagen gehen sollte.

Gwendolin blieb bis nach Neujahr auf Haus Forst. Es berührte sie peinlich, als sie Frau Dürschkes hämische Bemerkungen darüber hörte.

Fräulein Ehlert tröstete sie: „Frau Dürschke hätte auch etwas zu meckern gehabt, wenn Sie gar nicht weggewesen wären. Nehmen Sie sich ihr Gerede nur nicht zu Herzen. Frau Dürschke könnte jeden Sonntag bei ihren Kindern sein, wenn sie sich etwas friedlicher verhielte."

Wie ein Blitz aus heiterem Himmel schlug kurz nach Neujahr Frau Wertheims jäher Tod ein.

Frau Wertheim war erst ein paar Wochen vor Weihnachten ins Heim gekommen. Sie war eine von denen, die nicht auffallen wollten. Still und selbstverständlich fügte sie sich in die Gegebenheiten des Hauses ein.

Gwendolin war sie gerade durch ihr zurückhaltendes Wesen aufgefallen. Sie spürte, daß Frau Wertheim allen auswich, ohne dabei unfreundlich zu sein. Sie wollte offenbar keine Kontakte. Gwendolin mochte sich nicht aufdrängen. Vielleicht brauchte diese Frau erst eine Zeit des Eingewöhnens. Man mußte ihr Zeit lassen. Irgendwann würde sich schon eine Gelegenheit zur Annäherung geben. Und nun geschah dies: Man saß wie alle Tage am Mittagstisch, aß mit mehr oder weniger Appetit, sprach über das Wetter oder vom Fernsehprogramm des Tages, ohne sonderlich auf die Nachbarn am Nebentisch zu achten.

Nicht einmal Meta, die Frau Wertheim gegenüber saß, merkte wie diese zum Herzen griff. Erst ihr leises Stöhnen machte die drei Tischgenossinnen aufmerksam.

„Was ist denn, Frau Wertheim?"

„Aah – mir ist so schlecht." Sie sank vornüber.

„Frau Klarus – Schwester – Susanne –!" rief Meta. Nun sahen alle zu dem Tisch am Fenster hin.

„Schnell, schnell – helft doch! Ich kann sie nicht halten!" Meta bemühte sich, Frau Wertheim zu stützen.

Alles ging so unheimlich schnell.

Stuhlrücken, laufen, rufen. Ehe man die Situation im ganzen Saal richtig erfaßt hatte, trugen Susanne und Frau Klarus die Ohnmächtige aus dem Saal.

Am Nachmittag hörte man, daß Frau Wertheim gestorben sei, obwohl der Arzt sehr schnell zur Stelle gewesen war. Die Spritze, die er ihr gab, hatte nicht mehr geholfen.

Dieses Ereignis erschütterte alle mehr, als sie sich selber eingestehen mochten. Es ging im Salon sehr ruhig zu, und die sich ins Fernsehzimmer geflüchtet hatten, waren froh, hier nicht sprechen zu müssen. Sie hätten kein anderes Thema gehabt als dieses plötzliche Sterben, davon aber mochten sie nicht reden.

Gwendolin, die am Nachmittag jetzt meist in ihrem Zimmer blieb, da es noch keine neuen Arbeitspläne für die Handarbeitsgruppe gab, wurde durch zaghaftes Klopfen aus ihren Gedanken aufgeschreckt.

Fräulein Ehlert steckte den Kopf zur Tür herein

und fragte: „Darf ich hereinkommen, oder störe ich?"

„Nein, nein, Sie stören mich nicht! Kommen Sie nur und setzen Sie sich. Haben Sie schon Ihren Nachmittagstee gehabt?"

Fräulein Ehlert schüttelte den Kopf.

„Ich mag jetzt nicht in den Saal gehen. Ich hörte auf dem Weg dorthin, daß Frau Wertheim gestorben sei, da machte ich kehrt."

Gwendolin begann sogleich hin und her zu fahren und die Vorbereitung zu einer gemütlichen Teestunde zu treffen.

„Oh, Frau Donath, Sie sollten sich nicht bemühen", wehrte Fräulein Ehlert ab. Aber Gwendolin ließ sich in ihrem Eifer nicht stören. Sie wußte, ihr Gast suchte bei ihr mehr als eine Tasse Tee und Unterhaltung. War sie doch selber erschüttert über den jähen Tod, von dem ihr Susanne bereits berichtet hatte.

„Nach einem Ereignis, wie wir es heute erlebt haben, muß man erst wieder ins Gleichgewicht kommen", sagte sie. „Dazu verhilft neben einem Gespräch auch eine leibliche Stärkung."

„Sie haben recht. So schockierend es für alle ist, einen so schnellen und schmerzlosen Tod wünschen wir uns wohl alle. Es braucht nicht gerade beim Mittagstisch zu sein. Ich glaube, Frau Wertheim war noch verhältnismäßig jung."

„Dem Aussehen nach, ja. Wir haben sie gar nicht richtig kennengelernt."

„Hätten Sie gedacht, Frau Donath, daß sie sehr krank war und so plötzlich sterben würde?"

Gwendolin schüttelte den Kopf.

„Ich habe sie eigentlich kaum gesehen, nur wenn wir zu Tisch gingen oder nach den Mahlzeiten."

„Ich habe sie manchmal im Park getroffen. Sie dankte freundlich für meinen Gruß, machte aber keine Anstalten, mit mir in ein Gespräch zu kommen."

Gwendolin meinte: „Ich frage mich, ob es richtig war, zu warten, bis diese zurückhaltende Frau für einen Kontakt aufgeschlossen ist. Sie war vielleicht nur zu scheu. Aber hier sehen wir deutlich, woran es meist liegt, wenn sich die Menschen einander nicht näherkommen. Das gilt besonders für uns, die wir alt sind und nicht mehr durch den Beruf oder die Familie am tätigen Leben teilnehmen. Wer nicht von sich aus etwas tut, um mit den andern in Verbindung zu bleiben oder neue Beziehungen zu knüpfen, vereinsamt. Wenn wir darauf warten, daß die andern zu uns kommen, sind und bleiben wir allein. Am wenigsten können wir von der jüngeren Generation eine Annäherung erwarten."

Gwendolin hatte während des Gesprächs das Teegeschirr auf dem Tisch geordnet, den Tee aufgebrüht und schenkte ihn nun ein.

„Sie, Frau Donath, werden nie vereinsamen", sagte Fräulein Ehlert. „Wie nett und wie schnell haben sie wieder alles zurechtgemacht. Um aber bei unserm Gespräch zu bleiben, im Fernsehen, in Zeitschriften und sogar in den Tageszeitungen wird immer wieder darauf hingewiesen, daß für die Alten etwas getan werden müsse. Das ist schön und gut. Es geschieht wohl auch manches. Altenklubs entstehen, und was weiß ich. Aber es ist schon so, wie Sie sagen: Wenn wir uns in das Schneckenhaus unseres Alters zurückziehen, kann uns die beste Organisation nicht erreichen."

„Organisationen sind immer nur ein Notbehelf. Der Mensch braucht den Menschen, der sich persönlich engagiert. Ein Mensch, der ganz für mich da ist, bedeutet mehr als ein großer Verein."

„Ja, das ist es. Ehe Sie kamen, Frau Donath, hatte ich nur ganz losen Kontakt zu Frau Heim und Frau Hensel, mit denen ich am Tisch saß. Ich bin sehr froh, sofort mit Ihnen Kontakt bekommen zu haben. Das lag mehr an Ihnen als an mir. Sie hätten gewiß auch Frau Wertheim bald gewonnen."

„Ich wollte mich ihr nicht aufdrängen und hielt mich zurück. Ich hätte ihr entgegenkommen müssen, da sie selber den Anlauf nicht fand. Diese Einsicht kommt leider zu spät. Als die arme Frau aus dem Saal getragen wurde, blieb mir der Bissen im Hals stecken. Ich ahnte, daß ihre letzte Stunde gekommen war."

„Mir ging es nicht anders. Im großen und ganzen verließen alle wie aufgescheuchte Hühner den Eßsaal."

„Es ist etwas anderes, wenn jemand vor unseren Augen aus unserer Mitte gerissen wird, als das unbemerkte Dahingehen derer in den stillen Zimmern. Ich will Ihnen erzählen, was ich dort neulich erlebt habe. Während ich am Bett der nahezu hundertjährigen Frau Kurz saß, starb sie mitten im Gespräch. Gehirnschlag, sagte mir später Schwester Siglinde. Diese uralte Frau hatte nichts anderes im Sinn als die zum hundertsten Geburtstag bevorstehende Fernsehaufnahme. Nun, das kann man verstehen. Es bedeutete für sie ein außerordentliches Ereignis. Wahrscheinlich würde auch ich in einem solchen Fall wochenlang vorher überlegen, was ich den Reportern auf die Frage antworten soll, wie ich es angestellt hätte, hundert Jahre alt zu werden."

„Ich habe diese alte Frau nie gesehen. Wir wußten, daß im Hause eine fast Hundertjährige lebte. Sie haben Sie also besucht?"

„Ich war verschiedene Male bei ihr. Sie war sehr stolz auf ihr Alter und fühlte sich auch immer ganz wohl. ‚Fit' sagte sie. Diesen Ausdruck hatte sie von ihren Enkelkindern übernommen. Ehe sie so plötzlich vor meinen Augen starb, betonte sie noch, sie sei fit und wolle den Reportern vom Fernsehen sagen, sie sei so alt geworden, weil sie alle Tage ihr Schnäpschen getrunken hätte. Sie deutete so etwas an."

Fräulein Ehlert schüttelte den Kopf.

„Ich überlege, was ich wohl in einem solchen Fall erwidern würde. Sie, Frau Donath, hätten gewiß etwas Wichtigeres zu sagen, wenn Sie einmal in diese Lage kommen sollten."

„Das letzte Wort der sterbenden Frau Kurz war ‚Kognak'."

„Unglaublich."

„Sie spürte vielleicht etwas auf sich zukommen und verlangte deshalb nach Kognak. Obwohl es durchaus nicht auf das letzte Wort ankommt, das ein Sterbender über die Lippen bringt, so glaube ich doch, daß der eine oder andere in der letzten Minute seines Lebens unbewußt und ungewollt bekennt, was der Inhalt seines Lebens war, sofern er dazu überhaupt in der Lage ist. Frau Wertheim konnte nichts mehr sagen, wie ich von Susanne hörte.

Bei meinen Besuchen in den ‚stillen Zimmern' mache ich mancherlei Erfahrungen. Manche sind nicht mehr ansprechbar. Einige haben nur noch einen Wunsch und Gedanken, sie leben in der Vergangenheit. Da ist es tröstlich, wenn jemand darum bittet, den 23. Psalm zu hören. Auch diese Bitte wiederholt sich bei jedem Besuch. Da ist ein Herr Letzgus. Er hat vergessen, wie alt er ist. Er wartet geduldig und gottergeben auf seinen Heimgang. Ich könnte mir vorstellen, daß seine letzten Worte sind: ‚Wie Gott will!'

Sie fragen, was ich zuletzt sagen würde. Das kann man nicht vorausplanen. Sterben – können wir uns das überhaupt vorstellen? Es ist so individuell. Wenn Frau Kurz sterbend ‚Kognak' gestammelt hat, dann sieht das zwar so aus, als hätte nur Genuß ihr Leben ausgemacht. Wahrscheinlicher ist, daß sie im Gefühl der Schwäche, die sie überkam, wirklich nach einem Kognak als dem gewohnten Stärkungsmittel verlangt hat. Wer will das beurteilen? Es war deshalb so bestürzend für mich, weil sie nur für Äußerlichkeiten Interesse hatte, so oft ich sie besuchte."

„Haben Sie schon viele Menschen sterben sehen?"

„Vater und Mutter; ach ja, und meine arme Schwester, die schwer krank war und viel leiden mußte. Sie starb mit fünfundzwanzig Jahren an einem Gehirntumor. Sie und meine Eltern sind im

Frieden Gottes heimgegangen. Das Sterben dieser drei mir so nahestehenden Menschen war wirklich ein Heimgehen. Das Todeserlebnis wird uns immer ein Geheimnis bleiben. Niemand kann uns darüber etwas sagen. Auch die Bibel tut es nicht. Wenn man –"

Gwendolin brach ab.

Fräulein Ehlert schwieg. Sie spürte ein heißes Verlangen, so ruhevoll über den Tod sprechen zu können wie die Gelähmte vor ihr, die nun wieder leise zu sprechen begann: „Als Frau Wertheim heute mittag zusammenbrach, war es beinahe ein Nacherleben jenes Augenblicks, als ich meinen Mann ..."

Tiefes Atemholen. Schweigen.

Fräulein Ehlert fühlte ihr Herz bis zum Halse klopfen.

„Wir gingen mit dem alten Herrn von Krüger – er war so alt wie mein Mann, wurde aber im Gegensatz zu seinem Sohn der alte Herr genannt – durch den Nutzgarten. Er bat meinen Mann, in der Nähe des Herrenhauses einen Steingarten anzulegen. Ich sehe uns noch unter den blühenden Kirschbäumen. Es war in jenem Frühling ein so unwahrscheinliches Blühen, weil alles fast zur gleichen Zeit blühte. Zwischen den Kirschbäumen blühten die gelben Osterglocken und die Tulpen. Mein Mann kam jeden Tag mit strahlendem Gesicht aus dem Garten. ‚So etwas habe ich noch nie erlebt', sagte er. ‚Alles blüht auf einmal. Es ist, als wolle Gott uns zeigen, wie es einmal in der Ewigkeit sein wird.' Für ihn war der Ort, an den er einmal kommen würde, ein blühender Garten, in dem Gott wandelte und er der

Gärtner sein durfte. Eine kindliche Vorstellung? Ich weiß es nicht. Er selber sagte, man könne es sich gar nicht schön genug vorstellen. Dennoch lebten wir unser Leben in vollen Zügen. Sehen Sie, Fräulein Ehlert, man sagt den Christen ja oft nach, sie ständen nicht mit beiden Beinen auf der Erde und erwarteten nur alles von einem Leben nach dem Tode. Das mag hier und da so aussehen und auch so sein. In Wahrheit aber lebt man als Christ viel intensiver als jemand ohne Gott. Leider denken manche, eine Entscheidung für Christus bedeutet, auf alle Lebensfreude verzichten zu müssen. Das mag daher kommen, weil einige Gläubige meinen, menschliche Gesetze aufstellen und damit das Verhalten eines wahren Christen bestimmen zu müssen."

„Das verstehe ich nicht. Ich weiß, Sie besitzen etwas, was ich nicht habe, nämlich Ihren starken Glauben. Worin bestehen jedoch die Gesetze?"

„Ach, da heißt es, man darf dies nicht und jenes nicht. Dabei ist es so, daß mir als Nachfolger Jesu nach und nach immer deutlicher wird, was ich tun und lassen muß, um an meiner Seele nicht Schaden zu nehmen. Wer immer nur ängstlich fragt, darf ich dies, darf ich jenes, wirkt verkrampft und wird bald als Mucker verurteilt. Es gibt Dinge, die man als Gotteskind einfach nicht tun kann! Mein Mann war so fröhlich, so unbeschwert und heiter ..."

Gwendolin sah mit einem versonnenen Lächeln vor sich hin.

Nach kurzer Pause erzählte sie weiter.

„Wir gingen also zwischen den blühenden Osterglocken unter dem Blütenschnee der Kirschbäume dahin. Mein Mann hörte sich die Wünsche des Barons an und schlug einen Platz hinter dem Herrenhaus vor. Haus Forst, müssen Sie wissen, ist nämlich so etwas wie ein kleines Schloß. Wir gingen aus dem Nutzgarten zum Park hinüber. Mein Mann erklärte dem Baron, wie er sich die Anlage vorstellte. Aus dem nahen Steinbruch sollten geeignete Blöcke geholt und neben der Eingangspforte angeordnet werden. Er nannte die lateinischen Namen der Gewächse, die er anpflanzen wollte. Bei solchen Gelegenheiten geriet er in eine Begeisterung, die mich jedes Mal beglückte. Unmöglich, das zu beschreiben. So etwas überkam ihn manchmal auch bei unseren täglichen Andachten. Mein Mann konnte bei einem Bibelwort – wie soll ich es ausdrücken? – ich möchte sagen, er konnte geradezu aufblühen. ‚Hör dir das an und nimm es mit allen Sinnen auf', sagte er bei solchen Gelegenheiten und las. Es könnte das Wort aus Johannes 17, Vers 24, gewesen sein, in dem es heißt: ‚Vater, ich will, daß, wo ich bin, auch die bei mir seien, die du mir gegeben hast . . .' Meines Mannes Augen leuchteten dann, und er wiederholte: ‚Die du mir gegeben hast – ist das zu fassen? Von Gott erwählte Seelen, Jesus von Gott gegeben! Ist das nicht wunderbar?'"

Fräulein Ehlert verstand nichts. Sie blickte gespannt in das Gesicht vor ihr und folgte reglos den Worten von Frau Donath.

„Oder jenes Wort von Paulus aus dem Römerbrief . . ."

Gwendolin legte den Kopf in den Nacken und zitierte: „Ich bin gewiß, daß weder Tod noch Leben, weder Engel noch Fürstentümer noch Gewalten, weder Gegenwärtiges noch Zukünftiges, weder Hohes noch Tiefes noch keine andere Kreatur kann uns scheiden von der Liebe Gottes, die in Christus Jesus ist, unsrem Herrn."

Tränen standen in Gwendolins Augen trotz des Leuchtens auf ihrem Angesicht.

Fräulein Ehlert sah es mit tiefer Erschütterung. Diese lahme Frau, die nach menschlichem Ermessen keinen Grund hatte, glücklich zu sein, die strahlte etwas aus, was menschlich unbegreiflich war. Schwärmerei? Ekstase? Was war es?

Ihren Gast ansehend, sprach sie ruhig weiter, während der Glanz auf ihrem Antlitz blieb.

„Das machte meinen Mann so froh, so gelöst und heiter, so ausgeglichen – diese Gewißheit: Nichts kann uns scheiden von der Liebe Gottes. Auch ich habe das erfahren, und niemals stärker als in jenen Tagen, da es darum ging, ob meine beiden Beine amputiert werden müßten oder nicht. Man mag denken, daß das im Grunde genommen einerlei sei, ob ich diese toten Glieder noch habe oder nicht. Es ist aber ein großer Unterschied. Davon wollte ich jedoch nicht sprechen."

„Wovon Sie auch erzählen, Frau Donath, es interessiert mich alles sehr. Sie waren vorhin dabei stehengeblieben, daß der Steingarten angelegt werden sollte, wenn ich Sie erinnern darf."

„Richtig! Ich erinnere mich noch an jede Einzelheit. Es war bald Mittag. Ich ließ die beiden Männer mit ihren Plänen allein und ging in unser Häuschen, um das Mittagessen zu richten. Ich wusch gerade den ersten Schnittsalat aus dem Frühbeet. Alles andere war bereit. Da dachte ich, mein Mann müßte bald kommen, denn von Krügers aßen immer sehr pünktlich. Er kam aber nicht. War er so in seine Gedanken über den Steingarten vertieft, daß er darüber alles vergaß? Da mußte ich ihn eben holen.

Ich nahm den kürzeren Weg über den Hof zwischen Park und Herrenhaus. Als ich um die Ecke bog, sah ich ihn. Er lag ausgestreckt mitten im Tulpenbeet vor dem Haus. Tot."

Gwendolin schwieg. Der Glanz auf ihrem Gesicht war erloschen.

Fräulein Ehlert ahnte nur, was die Frau jetzt bewegte. Konnte man nachfühlen, was sie empfand? Ihr selber war ein solches Glück nie widerfahren, einen lieben Mann gehabt zu haben. So konnte sie auch die Tiefe des Leides nicht nachempfinden.

Einen Augenblick durchfuhr Fräulein Ehlert der Gedanke, ob das eine ausgleichende Gerechtigkeit sei, sie verwarf ihn aber sogleich wieder.

Das Schweigen dauerte lange. Als käme sie aus weiter Ferne zurück, blickte Gwendolin ihren Gast an und sagte leise: „Selbst das kann mich nicht von der Liebe Gottes scheiden – weder Tod noch Leben noch irgend etwas."

„Aber ..." Fräulein Ehlert mochte ihren Gedanken nicht aussprechen, um Frau Donath nicht zu verletzen.

„Aber? Was aber! Sagen Sie es ruhig, Fräulein Ehlert."

„Man kann darüber doch nicht einfach zur Tagesordnung übergehen."

„Nein, das kann man nicht. Das wäre unnatürlich. Wir lesen sogar von Jesus, daß er beim Anblick des Leides erschüttert war; es jammerte ihn, heißt es. Wie sollte er unser Leiden nicht verstehen? Aber Trauer und Auflehnung oder Hadern gegen Gottes Willen sind so weit voneinander entfernt wie eine klare Quelle von der schmutzigen Regenpfütze auf der Straße. Ich trauere noch heute um meinen Mann. Solange ich lebe, liebes Fräulein Ehlert, werde ich um meinen gefallenen Sohn und um meinen Mann trauern, dabei aber getröstet sein. Denn ich weiß sie in Gottes Händen.

Gerade nach dem Erlebnis mit Frau Kurz habe ich mich wieder einmal gefragt, was wohl der letzte Gedanke meines Mannes gewesen sein mag. Wahrscheinlich hat er weder an Gott noch an mich gedacht, sondern war mit seinen Gedanken bei den Pflanzen und Blumen für den Steingarten. Es kommt sicher nicht auf den letzten Gedanken oder auf das letzte Wort an. Das ist nur für die Zurückbleibenden, die dieses Wort hören, manchmal ein schwacher Trost. Ich stelle mir vor, daß mein Mann plötzlich nicht mehr das Tulpenbeet gesehen hat, vor dem er gestanden haben muß, sondern ohne Übergang die unaussprechliche Herrlichkeit Gottes. Das sind natürlich ganz menschliche Vorstellungen. In Wahrheit kann sich niemand ausmalen, wie der Übergang von dem Diesseits zu dem Sein im Jenseits sein wird."

„Sie haben so konkrete Vorstellungen."

„Ich habe nur die eine wirklich konkrete Vorstellung vom Jenseits, daß ich Jesus sehen werde."

„Jesus! Damit kann ich nichts anfangen."

„Wollen Sie ihn nicht?"

„Wenn ich Sie reden höre, möchte ich schon. Aber wie fange ich es an? Ich bin zu alt, um das noch einmal zu lernen, was wir als Kinder gelernt haben."

„Glauben lernt man nicht. Fangen Sie doch erst einmal an zu lesen, was die Bibel über Jesus sagt", erklärte Gwendolin.

„Gut, vielleicht werde ich mir eine Bibel kaufen. Wenn ich ..." Sie zögerte, ehe sie fortfuhr. „Aber vielleicht störe ich, wenn ich an Ihrer Morgenandacht mit Frau Quandt teilnehmen würde."

Gwendolins Herz machte gleichsam einen Freudensprung.

„Nein, Sie stören bestimmt nicht!"

Fräulein Ehlert erhob sich.

„Ich habe Sie so lange in Anspruch genommen. Ich werde Zeit brauchen, ehe ich verarbeitet habe, was Sie mir anvertrauten."

Sie streckte Gwendolin die Hand hin und sagte abschließend, sich selbst verspottend: „Ich werde angesichts des Todes wahrscheinlich keine Blumen sehen und keine Herrlichkeit, sondern nichts anderes als unausgeglichene Bilanzen."

„Kommen Sie zu Jesus! Er gleicht alle Bilanzen aus."

Susanne berichtete am nächsten Morgen, als sie Gwendolin bei der Toilette half, daß im Hause noch immer eine gedrückte Stimmung herrsche.

„Ich selber habe mich auch noch nicht ganz von dem Schock erholt", sagte sie. „Es ist etwas anderes, wenn man dem Tod so ahnungslos gegenübergestellt wird, als einen Menschen langsam dahinsiechen zu sehen."

„War Frau Wertheim herzkrank?" fragte Frau Donath.

„Ich glaube schon, aber niemand wußte Bescheid. Sie hat unsern Heimarzt abgelehnt, weil sie ihren Hausarzt bevorzugte. Das gibt es hier häufig. In ihren Aufnahmepapieren war von einem Herzleiden nichts vermerkt."

An diesem Tage fehlte Frau Hensel wieder einmal am Mittagstisch.

Frau Heim sagte: „Wahrscheinlich ist ihr der Tod von Frau Wertheim in die Glieder gefahren."

„Mag sein", antwortete Fräulein Ehlert, „aber für ihre drollige Tour bedarf es ja keines besonderen Anlasses."

„So sollten Sie nicht urteilen, Fräulein Ehlert."

„Verehrte Frau Donath, glauben Sie mir, Frau Hensel gefällt sich in dieser Rolle."

„Gerade deshalb muß man sich um sie kümmern."

„Anfangs habe ich ihren Zustand auch ernst genommen. Inzwischen bin ich zu der Einsicht gelangt, daß man alles nur noch schlimmer macht, wenn man sie mit ihren Launen wichtig nimmt."

„Vielleicht haben Sie recht, vielleicht täuschen Sie sich aber auch. Ich fürchte, es ist dennoch krankhaft, auch wenn es nach einer drolligen Laune aussieht. Ich werde bis morgen warten, dann aber nach ihr sehen. Wissen wir denn, welche Last sie mit sich herumschleppt?"

„Wenn ich an die Schreikrämpfe denke, die sie

manchmal bekommt, möchte ich sagen, Frau Donath hat recht", erklärte Frau Heim.

„Schreikrämpfe?"

„So etwas Ähnliches jedenfalls. Sie werden es eines Tages schon miterleben, Frau Donath. Dann schreit sie das ganze Haus zusammen, bis die Schwester ihr eine Spritze gegeben hat."

„So ist sie also doch krank – nervlich zweifellos."

Fräulein Ehlert zuckte die Achseln.

„Wir können ihr jedenfalls nicht helfen. Versuchen Sie es einmal, Frau Donath. Vielleicht haben Sie mehr Erfolg als ich. Ich habe es längst aufgegeben, ihr gut zuzureden."

„Das habe ich auch schon getan und werde es wieder tun. Man darf die Flinte nicht zu schnell ins Korn werfen. Nach der Mittagsruhe werde ich sie aufsuchen."

Dazu sollte es nicht mehr kommen.

Kaum war es im Haus still geworden und kein Schritt mehr auf den Korridoren zu hören, da horchte Gwendolin erschrocken auf.

Ein durchdringender Schrei hallte durchs Haus. Er kam aus dem Zimmer von Frau Hensel. Sie hörte es deutlich.

Sie zögerte nur einen Augenblick, dann setzte sie ihren Rollstuhl in Bewegung und fuhr auf den Flur hinaus.

Ehe sie die Tür zu Frau Hensels Zimmer geöffnet hatte, kam schon die Schwester den Flur entlang.

„Gehen Sie, Frau Donath, gehen Sie!" sagte sie.

Gwendolin machte ihr Platz. Das Schreien in dem Zimmer war so durchdringend, beinahe tierisch, daß es ihr kalt über den Rücken lief. Noch nie hatte sie solche Schreie gehört.

Hier und da ging eine Tür auf.

Nein, hier konnte sie nicht helfen, dachte Gwendolin. Ehe sie ihre Zimmertür hinter sich schloß, hörte sie Frau Dürschkes laute Stimme: „Na, ist es mal wieder so weit? Das sollte man nicht dulden! Mit unsereinem würde man kurzen Prozeß machen."

Unfähig, einen klaren Gedanken zu fassen, faltete Gwendolin die Hände, aber sie konnte nicht einmal beten.

Jemand klopfte an. Fräulein Ehlert trat ein, ohne das Herein abzuwarten.

„Sie haben es natürlich auch gehört, nicht wahr? Dieses Schreien weckt ja einen Toten aus dem Grab! Ich habe es geahnt. Gleich gestern, als das am Nebentisch passierte, sah ich es Frau Hensel an. Sie bekommt dann so einen merkwürdigen Ausdruck im Gesicht, den ich nicht beschreiben kann."

„Hätten Sie nicht Frau Klarus oder die Schwester darauf hinweisen können?"

Fräulein Ehlert schüttelte den Kopf.

„Hätte ich etwa sagen sollen: Frau Hensel guckt so komisch? Nein, darauf hätte wohl niemand reagiert."

„Ich kann es nicht beurteilen."

„Ich meine, sie muß selber spüren, wenn so ein Anfall bevorsteht. Schon seit Weihnachten ist sie vergrämt und drollig. Der Tod von Frau Wertheim war nur der Tropfen, der das Maß zum Überlaufen gebracht hat. Über die Feiertage war sie bei ihren Kindern. Danach lief sie mit einer Leichenbittermiene herum. Silvester kam ihre Tochter, die aber nicht lange blieb. Ich traf sie im Fahrstuhl, sie weinte. Wer weiß, was die Mutter ihr an den Kopf geworfen hat, denn die Tochter sagte nur: ‚Wenn sie auch alt ist, alles kann man sich nicht gefallen lassen!' Kein Wunder, daß sie – ich meine Frau Hensel – ach, ich rede ganz durcheinander! Verzeihen Sie, das Schreien hat mich so aufgeregt."

„Ja, es ist wirklich aufregend und erschütternd."

„Das passiert nun schon zum vierten Mal. Es ist für uns alle eine Zumutung."

„Sie ist, wie ich heute mittag schon sagte, psychisch krank. Allerdings scheint sich das nur hin und wieder zu äußern. Im allgemeinen wirkt sie normal."

„Dieses Schreien jedenfalls ist nicht normal."

Es klopfte schon wieder.

Frau Quandt sah herein, wollte sich jedoch gleich wieder zurückziehen.

„Oh, Sie haben Besuch!"

„Kommen Sie nur herein", rief Gwendolin ihr zu. „Sie stören uns nicht."

Zugleich mit Frau Quandt schob sich Frau Platzer ins Zimmer.

„Sie gehört in die Klapsmühle!" rief Frau Platzer.

„Ich bitte Sie!"

„Entschuldigen Sie, Frau Baronin, ich sag', wie es ist! Man muß sich beschweren. Irgendwer muß doch mehr zu sagen haben als Frau Klarus."

„Ihre Ausdrücke lassen zwar zu wünschen übrig", meinte Fräulein Ehlert, „aber recht haben Sie schon. Auch ich bin der Meinung, Frau Hensel gehört in eine Anstalt."

„Nein, nein! Sie ist schon hier so unglücklich. In einer Anstalt geht sie zugrunde."

„Na, dann geht sie eben zugrunde! Sterben müssen wir alle. Aber bis dahin möchten wir hier im Hause unsere Ruhe haben."

„Frau Platzer, bitte nicht so –"

„Ach, Frau Donath, reden wir doch mal ganz offen miteinander. Wir alle sind alt. Es geht uns nicht besser und nicht schlechter als Frau Hensel. Gut, ich kann mir ein schönes Zimmer leisten, Frau Hensel aber auch. Ich habe nur einen Sohn, der kommt selten genug. Ich weiß, er hat viel zu tun und keine Zeit, dauernd hierherzukommen. Ich jammere ihm nie die Ohren voll. Wie oft kommen aber der Henseln ihre Kinder, und was schleppen die herbei! Immer die Taschen voller Pakete – und die Blumen, die sie mitbringen! Was will die Frau denn?"

„Sie ist krank, Frau Platzer."

„Krank? So krank wie Sie noch lange nicht. Ich habe noch nie gehört, daß Sie sich beklagen, und Sie sind doch viel schlimmer dran, das kann man wohl sagen. Wenn sie hier nicht richtig ist", Frau Platzer tippte an ihre Stirn, „dann gehört sie eben in die Irrenanstalt, wenn Sie den Ausdruck lieber hören als Klapsmühle."

„Im allgemeinen merkt man bei ihr nichts von Geisteskrankheit. Sie ist labil, sehr ichbezogen –"

„Wir haben diese Schreierei schon mehrere Male erlebt. Es ist für alle jedesmal der gleiche Schock."

„Gewiß, Frau Platzer, ich bin auch sehr erschrokken. Aber es geht ja schnell vorüber. Man hört nichts mehr."

„Weil sie eine Spritze bekommen hat. Anders ist sie nicht zur Ruhe zu bringen. Dieses Geschrei kann auf die Dauer niemand zugemutet werden. Hoffentlich sehen jene es bald ein, die die Verantwortung tragen."

„Wir müssen uns so oft und so lange beschweren, bis das geändert wird. Die Frau muß aus dem Haus."

„Liebe Frau Platzer, versuchen wir doch einmal, uns in die Lage dieser armen Frau zu versetzen. Bitte, unterbrechen Sie mich nicht. Sie ist ein unglücklicher Mensch, aus welchen Gründen auch immer. Wollen wir, die wir alle unserm Ende nahe sind, nicht Barmherzigkeit üben? Gut, das Schreien ist furchtbar. Aber man bringt es doch schnell zur Ruhe. Ich will jetzt nicht erörtern, wo die Ursachen ihrer Krankheit liegen. Glauben Sie nicht, daß sie selber darunter am meisten leidet?"

Sichtlich verärgert wandte Frau Platzer sich zur Tür. „Meinetwegen, haben Sie mit ihr soviel Mitleid wie Sie wollen. Ich jedenfalls habe kein Mitleid. Mir hat mal jemand gesagt, manche Kranke spielen mit ihrer Krankheit so lange, bis die Krankheit mit ihnen spielt. Genauso ist es bei Frau Hensel."

Ein bißchen zu laut fiel die Tür ins Schloß.

Am Abend, Schwester Susanne hatte Gwendolin schon ins Bett geholfen, klopfte es noch einmal leise an der Tür. Auf ihr „Herein" kam Frau Klarus und fragte: „Es ist schon spät, aber darf ich noch einen Augenblick stören?"

Gwendolin spürte, daß sie gebraucht wurde. Wie hätte sie ihr Herz verschließen können!

„Bitte, nehmen Sie sich dort den Stuhl und setzen

Sie sich zu mir. Sie hatten heute einen anstrengenden und aufregenden Tag, nicht wahr?"

„Ja, das Schlimmste ist, dem Ansturm der Beschwerden standzuhalten."

„Man will Frau Hensel nicht länger im Hause dulden, nicht wahr?"

„Ja, und die Entscheidung liegt bei mir. Das ist nicht leicht. Ich verstehe die Klagen, die über Frau Hensel geführt werden. Aber ich versuche auch, die unglückliche Frau zu verstehen. Sie ist nicht so krank, daß sie in eine Nervenheilanstalt müßte. Wo aber soll sie bleiben, wenn wir sie nicht behalten?"

„Würden ihre Kinder sie nicht aufnehmen?" erkundigte sich Gwendolin.

„Obwohl sich Frau Hensel beklagt, daß sie keinen Platz für sie hätten, will sie gar nicht zu ihnen ziehen. Das beruht wohl auf Gegenseitigkeit."

„Vielleicht könnte ihr eine Luftveränderung oder ein Wechsel der Umgebung helfen?"

„Daran habe ich auch schon gedacht. Kurz nach ihrem ersten Anfall fuhr sie auf Anraten des Arztes zu Verwandten. Sie blieb nur drei Wochen dort und kam unzufriedener denn je zurück. Nie wieder, so sagte sie, ginge sie zu Verwandten. Für eine Erholungsreise hat sie angeblich kein Geld."

„Ich kenne mich in den Bestimmungen der Krankenversicherung nicht aus. Käme in diesem Fall nicht die Krankenkasse für eine Kur auf?"

„Das müßte erst geklärt werden. Ich weiß nicht, ob ich die andern Heiminsassen so lange hinhalten kann, bis der Arzt entschieden hat, welche Kuranstalt für Frau Hensel in Frage käme; und bis ein

Antrag gestellt und genehmigt ist, vergehen oft Wochen."

„Das ist ja geradezu ein Problem."

„Da mögen Sie recht haben. Es gibt hier im Hause nicht nur dieses eine Problem. Mit den verschiedenen Leutchen und ihren Wünschen fertig zu werden, ist nicht immer leicht."

„Mir scheint aber, Sie werden damit ganz gut fertig."

„Danke! Einstweilen bin ich mit der Sache Hensel durchaus nicht fertig!"

„Wenn ich die Hilflosen in den ‚stillen Zimmern' sehe oder die Querelen einiger Leute beobachte, bete ich schon heute darum, daß Gott es mir und meiner Umwelt ersparen möge, anderen einmal ernstlich zur Last zu werden. Manchmal bedrückt es mich, daß ich schon jetzt für die Angestellten des Hauses eine Last bin."

„Das dürfen Sie nicht denken, geschweige denn sagen. Sie sind uns eine große Hilfe! Sie sind bewundernswert!"

Gwendolin lächelte.

„Gottes Güte ist bewundernswert, die mir in meiner Hilflosigkeit noch so viel Kraft läßt, hier und da einen Dienst zu tun. Solange wir für andere etwas tun können, tun wir Alten für uns selber das meiste und beste. Das möchte ich allen begreiflich machen. Wir stehen alle an der Schwelle des Todes, und jeder müßte sich fragen, wohin es geht, wenn diese Schwelle überschritten ist."

„Wenn Sie anfangen, vom Sterben zu sprechen, werden sich die meisten abwenden. Wer hört schon gern, daß er sterben muß? Keiner möchte daran erinnert werden."

„Das ist eine Lebensfrage, Frau Klarus, aber nicht nur für alte Menschen. Wie viele junge Leute verunglücken oder sterben an einer Krankheit. Vom Krieg will ich gar nicht reden. Ich brauche nicht erst in die Zeitung zu sehen, um das festzustellen, sondern in meine nächste Verwandtschaft. Manchmal habe ich den Eindruck, hier im Hause lebt man, als könne einem der Tod nichts anhaben, obwohl ihn alle stets vor Augen haben. Selbst drüben im Seitenflügel finde ich nur zwei, die auf das Sterben vorbereitet sind."

„Sie meinen Frau Kühn und Herrn Letzgus?"

„Ja, das haben Sie also auch bemerkt. Wenn Frau Kühn immer wieder den 23. Psalm hören möchte, spürt man, daß sie im Glauben an den guten Hirten Trost findet, der auch im dunklen Tal bei ihr ist. Man sollte allen einen Besuch bei Frau Kühn verordnen oder bei Herrn Letzgus, der bei völlig klarem Verstand geduldig mit Ergebung darauf wartet, daß Gott ihn heimholt."

„Meinen Sie wirklich, Sie könnten unsern Alten mit Religion helfen?"

„Nicht mit Religion, Frau Klarus. Ich möchte ihnen den Weg zu dem weisen, der uns durch das dunkle Tal des Leides und des Sterbens führt. Ja, ich möchte allen von dem sagen, der für uns in der größten Gottverlassenheit am Kreuz von Golgatha durch dieses Tal gegangen ist und der uns dadurch vom ewigen Tod erlöst hat."

Frau Klarus schwieg nachdenklich. Sie wußte hierzu nichts zu sagen und nahm das Gespräch mit einem anderen Thema wieder auf.

„Das Altenproblem hat seine Wurzeln im Nicht-wahr-haben-Wollen des Alterns. Das beginnt bei vielen schon, ehe sie aus dem Beruf ausscheiden oder bei Hausfrauen, wenn die Kinder erwachsen geworden sind. Wieviel Mühe geben sich die meisten Menschen, den Gedanken an das Alter fortzuschieben! Sie versuchen mit äußeren Mitteln wie Haarfärben, flotte Kleidung und anderem ihr wahres Alter zu vertuschen. Wenn sie sich dann im Spiegel besehen, glauben sie selber, noch gar nicht so alt zu sein. Es wäre viel angebrachter, sich beizeiten mit dem Problem auseinanderzusetzen, sich zu fragen, wie man das Leben nach der Pensionierung gestalten will. Man weiß doch, was auf einen zukommt. Ich bin fünfundvierzig Jahre alt und überlege jetzt schon, wie ich einmal mein Leben gestalten möchte, wenn ich aus dem Beruf scheide. Wer sein Alter als gegeben annimmt, als den natürlichen Ablauf des Lebens, den kann es nicht überraschen. Das Alter ist nun mal eine Station unseres Lebens wie Kindheit, Jugend und Reife auch. Ich weiß, solange man noch gesund ist, schaffen kann und über geistige und körperliche Kräfte verfügt, hat man gut reden. Doch sehe ich hier täglich, wie das Leben ausklingt und lerne daran, mich darauf einzustellen. Ich lebe mein Heute mit Freuden und schöpfe es aus, so gut es geht, ohne dabei zu vergessen, daß es eines Tages eben nicht mehr gehen wird. Nicht allen Menschen ist ein so schneller und leichter Tod gegönnt, wie ihn Frau Wertheim hatte. Mir genügt es, anständig gelebt zu haben, um zum Sterben bereit zu sein", schloß Frau Klarus ihre langen Ausführungen.

„Anständig leben – das können wir vor Menschen. Vor Gott können wir mit dem anständigen Leben nicht bestehen."

„Was soll man mehr tun?"

„Wir können nicht mehr tun, um Gott zu gefallen."

Gwendolin griff nach der Bibel, die auf ihrem Nachttisch lag. Sie fand schnell den Vers, den sie vorlesen wollte. „Hier steht es, Frau Klarus, im Brief an die Hebräer im 11. Kapitel, Vers 6: ‚Ohne Glauben ist's unmöglich, Gott zu gefallen; denn wer zu Gott kommen will, der muß glauben.'"

„Ich glaube, daß es einen Gott gibt."

„Und daß es ein heiliger, gerechter Gott ist?"

Fräulein Klarus zuckte die Achseln.

„Meine liebe, verehrte Frau Donath, Sie haben sich gewiß viel mit solchen Fragen beschäftigt. Mir ist bisher noch niemand begegnet, der mich nach Gott und meinem Glauben gefragt hat. Wie soll ich Ihnen da Rede stehen können?"

„Wie war es denn mit Ihrem Konfirmandenunterricht?"

„Man lernt, was man lernen muß, und es ist einem lästig genug. Hinterher vergißt man es dann schnell."

„Es ist noch früh genug für Sie, sich damit zu befassen."

Lächelnd, halb im Ernst, halb im Scherz, sagte Frau Klarus und erhob sich dabei: „Ich kann ja gelegentlich bei Ihnen Unterricht nehmen! Nun ist es aber spät geworden, und ich will Sie nicht länger stören. Ich danke Ihnen, Frau Donath. Man nimmt immer etwas mit, wenn man bei Ihnen war."

Gwendolin löschte das Licht, nachdem die Heimleiterin gegangen war. Sie konnte auch im Dunkeln beten.

Das Frühjahr brachte im Haus viel Wechsel. Nur zwei der ganz Alten siedelten in eines der stillen Zimmer über. Dafür zogen vier Hausbewohner ohne Übergang für immer aus. Man sprach nicht viel darüber.

Gwendolin fragte sich jedesmal, wenn wieder ein Platz frei wurde, ob alle, die abgerufen wurden, wirklich bereit gewesen waren, vor Gottes Angesicht zu treten. Immer wieder hörte sie die Rede: „Der liebe Gott wird schon gnädig sein", oder die Bemerkung: „Ich habe immer ordentlich gelebt und kann deshalb auch ruhig sterben!" Sie schienen auch ruhig zu sterben. Dennoch brach bei denen, die zurückblieben, manche bange Frage auf, und man wehrte sich, an den eigenen Tod zu denken.

Frau Hensel war nach einer längeren Kur in ihr Zimmer zurückgekehrt. Gwendolin brauchte einen ganzen Tag, um sich darüber klar zu werden, daß sie nicht darauf warten durfte, bis Frau Hensel zu ihr kam. Sie mußte von sich aus den ersten Schritt tun.

Obwohl das „Herein" nach Gwendolins Anklopfen leise und zaghaft klang, lag Frau Hensel nicht auf der Couch, wie Gwendolin erwartet hatte. Sie saß am Fenster und sagte freundlich, wenn auch in weinerlichem Ton: „Oh, Frau Donath, wie lieb von Ihnen, daß Sie mich besuchen!“

„Mittags am Tisch kann man sich nicht richtig unterhalten“, sagte Gwendolin, „und ich möchte doch gern wissen, wie Ihnen die Kur bekommen ist.“

„Die Kur – ich, Frau Donath, Sie wissen doch bestimmt, wo ich war. Nie wieder dorthin!“

„War es so schlimm?“

„Es hat nicht viel gefehlt, und ich wäre nie wieder hierher zurückgekommen. Ein Mensch wie ich findet dort keine Heilung. Ich weiß nicht, woher ich die Kraft bekam, mich so zu verhalten, daß der Arzt meiner Entlassung zustimmte. Die Medikamente? Kaum. Etwas anderes hielt mich. Ich habe mich an Ihre Worte geklammert, Frau Donath.“

„An meine Worte?“

„Ja, Sie haben mir einmal gesagt, ich solle über das Glaubensbekenntnis nachdenken, und dabei die Stelle erwähnt: ‚Der mich verlorenen und verdammten Menschen erlöset hat‘. Ich kam mir dort in dem Haus so verloren und verdammt vor.“

Gwendolin nickte, sagte aber nichts.

„Und dann heißt es ja: Erlöset hat. Da habe ich gebetet. Anders als früher. Ich habe früher immer nur gebetet, Gott möge mir die Schmerzen nehmen. Aber dort zwischen all den unglücklichen Menschen bekam ich furchtbare Angst, ich könnte für immer verloren und verdammt sein. Das kann sich niemand vorstellen, wie das ist, mit einer solchen Angst zu leben. Da habe ich nur noch beten können: ‚Erlöse mich! Erlöse mich! Und wenn ich hier auch sterben muß, Herr Jesus, erlöse mich!' Es ist schwer zu beschreiben – es geht dann in einem etwas vor – verstehen Sie, was ich meine?"

Gwendolin nickte.

„Ja, das verstehe ich!"

„Mitten in der Nacht war es. Ich konnte trotz der Tabletten nicht schlafen und mußte immer nur an das Wort denken: Der mich verlorenen und verdammten Sünder erlöset hat! Das war mit einem Male so beruhigend, so tröstlich! Ich bin dann doch eingeschlafen. Am andern Tag war Chefvisite. Der Professor sprach mit mir, sagte dann etwas Lateinisches zu dem anderen Arzt und fragte, ob ich wieder ins Altenheim zurück möchte. Ich habe nur gesagt: ‚Ja, ganz gern.' Am Tag darauf haben sie mich entlassen. Mein Sohn kam und holte mich ab. Ich war gar nicht aufgeregt. Sie hatten recht, Frau Donath. Man muß erst über alles richtig nachdenken. Ich konnte nun glauben, was in dem Glaubensbekenntnis steht. Das mit dem Heiligen Geist begreife ich zwar noch nicht so ganz. Da können Sie mir vielleicht helfen.

Ist es nicht sonderbar, man hat immer gedacht, alles sei in Ordnung, wenn man nur anständig ist, in die Kirche geht und einfach so dahersagt: Ich glaube an Gott. Jetzt erst glaube ich wirklich! Erkläęren kann ich es nicht. Aber ich weiß, er hat mich erlöst durch seinen Sohn Jesus Christus."

Gwendolin hatte Tränen in den Augen.

„Das, liebe Frau Hensel, hätte ich nicht für möglich gehalten! Oh, wie kleingläubig ist man doch!" sagte sie mehr zu sich selbst.

„Ich hätte auch nicht geglaubt, daß es jemals mit mir anders werden könnte."

Die beiden Frauen saßen schweigend beieinander. Jede war so sehr mit ihren Gedanken beschäftigt, daß ihnen die Worte fehlten.

Eine Amsel begann auf der Fahnenstange vor dem Haus zu singen.

„So ein kleiner Vogel – und singt so schön! Früher habe ich mich immer über die kleinen schwarzen Gesellen geärgert, weil sie meinen Kirschbaum plünderten. Heute fällt mir der Vers ein, den ich irgendwann gehört und gelernt habe: ‚Sehet die Vögel, sie säen nicht, sie ernten nicht, und euer himmlischer Vater ernährt sie doch. Seid ihr nicht viel mehr als sie?' So heißt es wohl, nicht wahr?"

Gwendolin nickte.

Es klopfte, Frau Klarus schaute herein.

„Sie bekommen Besuch, Frau Hensel. Ihre Tochter ist da."

„Sie soll nur hereinkommen, da kann ich sie gleich Frau Donath vorstellen."

Der Mai brachte warme, sonnige Tage. Gwendolin saß vor der geöffneten Balkontür und atmete in tiefen Zügen die frische Frühlingsluft, den Duft, der vom nahen Wald herüberwehte. Unter ihr, auf der Terrasse, hatten sich einige zusammengefunden, angelockt von der Sonne. Verschiedene Stimmen drangen zu Gwendolin herauf. Sie saß mit geschlossenen Augen, hörte wohl die Stimmen, achtete aber nicht darauf, was gesprochen wurde, bis das Wort „Baron" fiel.

Gwendolin horchte auf. Von ihr und dem Baron war die Rede.

„Man weiß ja nicht, wie das mit dem Baron zusammenhängt. Merkwürdig ist jedenfalls, was für ein Getue er mit der lahmen Tuntel hat." Das war unverkennbar Frau Dürschkes Stimme.

„Getue – wie meinen Sie das?"

„Immer hat er den Arm voll Blumen und Päckchen, und wie lange er dann bei ihr sitzt! Möchte nur wissen, was die sich so lange zu unterhalten haben."

„Frau Donath hat über vierzig Jahre auf Haus Forst gelebt. Da ergibt sich doch Gesprächsstoff genug."

Das sagte Fräulein Ehlert.

„Sie hat den Sohn des Barons mit ihrer Muttermilch großgezogen. Das dürfte sich längst herumgesprochen haben. Ich finde es nur natürlich, daß auf diese Weise eine enge Verbindung entsteht."

„Natürlich nehmen Sie die Frau in Schutz. Sie hocken ja auch immer mit ihr zusammen."

Das war wieder Frau Dürschke.

„Man soll niemand etwas Schlechtes nachsagen." – Gwendolin fand nicht heraus, wer das sagte –, „aber verwunderlich ist das Ganze schon. Auf der einen Seite immer die Besuche, auf der anderen Seite die Frage: Warum ist sie überhaupt hier, wenn dem Baron so viel an ihr liegt?"

„Ich möchte nur wissen, was er immer heranschleppt. Es gibt hier doch genug zu essen."

„Frau Donath verteilt wohl nicht genug Pralinen und Obst? Ganz abgesehen davon stiftet sie alles

Garn und das, was zum Basteln nötig ist. Das besorgt ihr bestimmt der Baron, im Grunde genommen besorgt er es für uns."

„So kann man es auch hinstellen. Jedenfalls steckt hinter der großen Sympathie mehr als nur die Geschichte mit dem Sohn. Für nichts und wieder nichts bemüht sich ein Mann nicht um eine Frau, noch dazu um eine so alte, die obendrein gelähmt ist."

„Das ist ja unerhört!"

Gwendolin lauschte wie erstarrt. Sie fand nicht die Kraft, sich in ihr Zimmer zurückzuziehen und die Balkontür zu schließen. Sie wollte, sie mußte hören, was da gesprochen wurde.

Frau Dürschkes Organ, aufdringlich und im Eifer lauter als gewöhnlich, drang an Gwendolins Ohr.

„Sie muß mal ein schönes Mädchen gewesen sein, das sieht man noch heute. Da war also die Baronin gestorben. Die Donath kümmerte sich um den Säugling. Warum nicht auch um den Vater – und so weiter – und so weiter. Bei den feinen Leuten geht es auch nicht anders zu als sonstwo auf der Welt. Im Gegenteil, die treiben es meist viel schlimmer. Nur können sie alles besser vertuschen."

„Jetzt hören Sie aber auf, Frau Dürschke! Das ist eine ganz gemeine Verleumdung!" rief Fräulein Ehlert aus.

„O bitte, was habe ich denn gesagt? Ich habe ja nichts behauptet, nur –"

„Nur üble Verdächtigungen ausgesprochen, und dabei sind Sie deutlich genug geworden. Sie sollten sich schämen!"

„Ich meine, man macht sich nur seine Gedanken.

Das liegt doch nahe. Wenn Sie aus meinen Vermutungen etwas heraushören, so ist das Ihre Sache, Fräulein Ehlert. Halten Sie die Baronin, ich meine natürlich die Donath, ruhig für einen ausgemachten Engel. So, und jetzt will ich sehen, was es im Fernsehen gibt."

Frau Dürschkes Stimme verhallte. Sie hatte offensichtlich die Terrasse verlassen.

Fräulein Ehlert sagte: „Das ist wirklich der Gipfel! Diese Frau muß doch immer Zündstoff liefern! Man sollte ihr aus dem Wege gehen und sie ganz links liegenlassen. Es ist gemein, solche ungeheuerlichen Verdächtigungen auszusprechen!"

„Regen Sie sich nich uff –", aha, das war Meta. „Zu mir hat Tinchen schon oft so dahergeredet. Da hör' ich gar nicht druff. Sie ärgert sich und ist einfach neidisch, weil alle die Baronin so gut leiden können. Und weil ich mich auf ihre Seite geschlagen habe. Tinchen möchte mich ganz für sich allein haben. Da hat sie bei mir aber kein Glück."

„Das gibt ihr noch lange kein Recht, so boshaft über Frau Donath zu sprechen. Nicht alle sind gegen solches Gift gefeit."

„Sie halten sich immer zurück und bleiben für sich, Fräulein Ehlert. Darum merken Sie gar nicht, wie sehr man sich weiterhin für Frau Donath interessiert. Viele nennen sie noch immer die Baronin. Man kann es sich auch nicht denken, daß es nur die Sache mit der Muttermilch ist. Das ist schon so lange her. Und dann immer noch von Dank reden – das nimmt einem keiner ab."

„Nun fangen Sie auch an, so zu reden. Pfui, Frau

Hellwich, das hätte ich von Ihnen nicht erwartet!" rief Fräulein Ehlert.

„Ich denke nichts Schlechtes von ihr, das können Sie mir glauben. Aber da ist doch irgend etwas. Neulich habe ich die Baronin mal gefragt, wie das mit ihren Beinen gekommen ist. Davon will sie aber nicht sprechen. Da lenkt sie gleich ab. Ich glaube, das hängt auch mit dem Baron und seiner Familie zusammen. Herr Vogel tut manchmal so geheimnisvoll, aber er weiß auch nichts Genaues, sonst hätte er längst davon gesprochen. Können Sie nichts darüber erfahren? Sie sind doch oft mit ihr zusammen."

„Ich kann nicht so aufdringlich sein und fragen."

„Ob Frau Quandt etwas weiß? Sie ist jeden Tag bei ihr und betet mit ihr zusammen. Komisch, nicht wahr?"

„Ich finde das nicht komisch. Doch glaube ich nicht, daß Frau Donath über ihre eigenen Angelegenheiten mit irgend jemand spricht. Es ist ja auch gar nicht gesagt, daß ihr Leiden etwas mit dem Baron und seiner Familie zu tun hat."

Gwendolin hatte sich einigermaßen gefaßt. Sie rollte in das Zimmer zurück. Lange Zeit saß sie mit gefalteten Händen. In ihrem Kopf war ein einziger Wirrwarr. Warum hatte sie aus ihrem Gebrechen ein Geheimnis gemacht? Nur, um nicht bewundert zu werden? Das hatte sie nicht geahnt, wie sehr man sich für sie und ihr Schicksal interessierte. Sie hatte gedacht, man sei darüber längst zur Tagesordnung übergegangen.

Wurde mit zunehmendem Alter der Interessenkreis zwangsläufig enger? Es mußte wohl so sein, denn ihr ging es auch so. Ihre Gedanken konzentrierten sich auf die Angelegenheiten des Heimes. Hier sah sie nun eine Aufgabe, um ein wenig dabei zu helfen, den gleichförmigen Alltag durch Anregungen zu nützlichem Tun zu beleben. So hatte sich durch die Beschäftigung vor Weihnachten eine Bastelgruppe gebildet, ein regelrechter Strickklub war entstanden. Einige Frauen regten einander sogar zu kunstvollen Strickarbeiten an. Es gab ein gewisses Wetteifern, wenn auch der Basar, der in der Adventszeit stattfinden sollte, noch in weiter Ferne lag.

Nie aber hätte Gwendolin vermutet, man könnte sich noch für ihre gelähmten Beine interessieren. Frau Dürschke allerdings, die sich zu keiner Tätigkeit aufraffen konnte, beschäftigte sich ja wohl nur mit den Angelegenheiten der Heiminsassen. Ob es wirklich so war, wie Meta gesagt hatte, daß sie neidisch und eifersüchtig sei? Neidisch auf sie, eine hilflose, verkrüppelte Frau? Bedachte sie nicht, wieviel sie ihr voraushatte, allein schon deshalb, weil sie sich noch frei bewegen konnte?

Was Gwendolin aber am tiefsten traf, waren die Verdächtigungen, die zugleich den Baron betrafen. Konnte sie das auf sich beruhen lassen?

Mit Frau Klarus darüber sprechen? Nein, die hatte genug andere Sorgen. Frau Dürschke selber zur Rede stellen? Ach, die würde sie nur hohnlachend des Lauschens angeklagt haben!

Gwendolin entschied sich, darüber nun mit ihrem Herrn und Heiland zu reden und sich von ihm Weisheit zu erbitten.

Sie wollte das notwendige Gespräch nicht vom

Zaune brechen. Gott würde ihr die Gelegenheit schenken, aller bösen Nachrede endlich ein Ende zu bereiten.

Ohne Gwendolins Hinzutun brachte einer der neuen Hausbewohner das Gespräch auf ihre Behinderung. Herr Rümkopf, der nach dem Tode seiner Frau ins Heim übergesiedelt war und zum Zeichen der Trauer noch immer eine schwarze Krawatte und eine schwarze Armbinde trug, setzte sich zu Gwendolin auf die Terrasse. Schon bald kamen sie ins Gespräch. Man schaute hier und da zu den beiden hinüber, richtete sich in den Liegestühlen auf, ja, Fräulein Ehlert rückte ihren Stuhl heran, und auch Meta und Frau Quandt gesellten sich nun zu der Gruppe.

Das Thema, das Herr Rümkopf angeschnitten hatte, interessierte sie alle, ging es doch um Gwendolins gelähmte Beine.

„Bitte, halten Sie mich nicht für indiskret, gnädige Frau“, so hatte er das Gespräch begonnen, „ich bin Krankenpfleger gewesen, und das Interesse an Krankheiten liegt mir nun mal im Blute. Erlauben Sie mir darum bitte die Frage nach der Ursache Ihres Leidens.“

Diese Einleitung hatte schon allgemeine Aufmerksamkeit geweckt. Als nun aber Gwendolin zu sprechen begann, wollte man sich nichts entgehen lassen, zumal Frau Dürschkes Verdächtigungen die Neugier geschürt hatte. Es blieb ja ohnehin alles interessant, was die „Baronin“ anging. Ohne es zu wollen und zu wissen, war sie geheimnisumwittert, weil sie nie über ihr Leiden oder über irgendwelche Beschwerden klagte.

Gwendolin sah nun die Gelegenheit gekommen, ihr Verhältnis zu Baron von Krüger und seiner Familie zu klären.

„Ich spreche nicht gern darüber, Herr Rümkopf", antwortete sie und freute sich doch im stillen, daß sie genügend Zuhörer hatte, die alles weitererzählen würden.

„Ich verstehe Ihr Interesse, denn Sie haben gewiß viel Elend gesehen und kennen sich auch mit dem Verlauf vieler Krankheiten aus."

„Das ist es. Man sagt uns Pflegepersonal zwar nach, wir seien dem Leiden gegenüber abgestumpft. Das trifft nicht in allen Fällen zu. Man übt nur Disziplin, um den Kranken nicht merken zu lassen, wie schwer und oftmals wie aussichtslos sein Leiden ist. Man gibt sich munter und erscheint dabei vielleicht oberflächlich. Wenn ich nun nach der Ursache oder dem Namen Ihrer Lähmung frage, dann ist das nicht nur Neugier, nehmen Sie es bitte als echte Teilnahme."

„Ich habe nur einen Grund, davon nicht viel Aufhebens zu machen, Herr Rümkopf. Ich möchte nicht als Held dastehen; denn was mir die Lähmung eingebracht hat, sehe ich nicht als eine besonders mutige Tat an. Ich habe spontan reagiert, wie von hundert Menschen bestimmt neunzig gehandelt hätten."

„Jetzt haben Sie mich erst recht neugierig gemacht!"

„Darf ich zum besseren Verständnis etwas weiter ausholen? Die meiste Zeit meines Lebens habe ich auf dem Besitz des Barons von Krüger zugebracht. Mein Mann war dort Gärtner, und ich habe nach dem Krieg wieder im Schuldienst gestanden, bis ich pensioniert wurde. Ich hatte ein gutes Verhältnis zur Familie des Barons und wurde in manchen Dingen um Rat gefragt. Nach dem Tode meines Mannes durfte ich in einem der Gesindehäuser weiter wohnen, und oft kam Ralf, der Enkel des alten Herrn, zu mir herüber. Ich las ihm Geschichten vor oder half ihm beim Basteln für seine Eltern zum Geburtstag und zu Weihnachten. Er erzählte mir, was er erlebt hatte und von allem, was ihm wichtig war. Ralf war mir Ersatz für einen Enkel, der mir versagt geblieben ist.

Haus Forst ist von einem breiten Wassergraben umgeben. Das steile Ufer hat nur an einer Stelle eine kleine Bucht, an der im Sommer zwei Kähne liegen. Dort spielte Ralf besonders gern. Er ließ selbstgebastelte Schiffchen schwimmen, oder wir beide ruderten um Haus und Park. Er sprang im Sommer auch gern in der Bucht herum, obwohl sie nicht gerade zum Baden einlud. Dieser Graben ist kein stehendes Gewässer. Es hat einen Zufluß vom Eselsbach, der vor vielen Jahren, als Haus Forst erbaut worden war, rings um das Gelände geleitet wurde.

Vor drei – ach nein, vor vier Jahren war es, da hatten wir im Februar die große Kälte. Damals fror der Graben zu. Solange ich dort gewohnt habe, geschah das nur dreimal. Für Ralf muß der Graben mit einer Eisdecke etwas ganz Neues gewesen sein. Ich weiß nicht, ob er je gewarnt worden war. Das Spielen an der Bucht war ihm eine vertraute Sache, und an eine

Gefahr hat das Kind bestimmt nicht gedacht, als es das Eis betrat.

Eines Tages ging ich wie gewöhnlich im Park spazieren. Der Schnee knirschte unter meinen Schritten. Da hörte ich plötzlich vom Graben her lautes Schreien. Ich erkannte Ralfs Stimme. Sie klang so angstvoll und verzweifelt, daß mir sofort der Gedanke an den Graben kam. So schnell ich konnte, lief ich dem Schreien nach und sah das Kind gerade in einem Eisloch versinken."

Gwendolin, in die Erinnerung vertieft, hatte gar nicht bemerkt, wie groß inzwischen der Kreis ihrer Zuhörer geworden war. Alle lauschten gespannt und atemlos. Niemand wagte einen Laut, als sie eine kleine Pause machte.

„Ich habe ohne lange Überlegung ganz instinktiv gehandelt. Merkwürdig, daß mir im entscheidenden Augenblick bewußt wurde, wie man Ertrinkende aus dem Eis rettet. Niemals darf man aufrecht zu der Einbruchstelle gehen. Ich wußte, daß man am besten ein Brett oder eine Leiter auf das Eis legt, um das Gewicht des Körpers zu verteilen. Bis zu den Wirtschaftsgebäuden, wo ich eine Leiter gefunden hätte, war es aber zu weit. Ich kroch also auf allen Vieren zu dem Eisloch, in dem ich Ralfs Anorak aufleuchten sah. Es war nur ein kleines Stück vom Ufer entfernt, doch mir erschien die Strecke damals endlos. Ich bekam den Jungen zu packen. Er war noch bei Besinnung, schluckte heftig, japste nach Luft und klammerte sich an meinen Arm. Das Eis brach weiter, doch gelang es mir, das Kind auf eine feste Stelle zu ziehen. Da lag es nun neben mir, vor Kälte und Nässe schlotternd. ‚Lauf', rief ich, ‚lauf, du holst dir sonst den Tod!' Er richtete sich auf, taumelte zunächst ein bißchen, stand dann aber und rannte los. Mit ein paar Schritten war er übers Eis, erreichte die flache Bucht und lief keuchend davon, ohne sich noch einmal umzusehen.

Bis dahin hatte ich besonnen und richtig gehandelt. Nun aber tat ich etwas ganz Verkehrtes. Das Eis hatte den kleinen Ralf gerade noch getragen, der flink über die dünne Eisdecke geglitten war. Für mein Gewicht aber war es zu dünn. Das hatte ich nicht bedacht. In dem Augenblick, da ich mich aufrichtete, brach das Eis, und ich versank bis zu den Armen im eiskalten Wasser. Der Graben war nicht breit und ich dem Ufer nahe. Ich fühlte auch Grund unter den Füßen. So erreichte ich das Ufer ein wenig seitwärts von der flachen Bucht und arbeitete mich die Böschung hinauf. Wozu alle Einzelheiten heraufbeschwören? Mir schwanden die Sinne. Ich erwachte erst von dem Signalhorn des Krankenwagens, der mich mit Blaulicht zur Klinik brachte."

„Daher also!" sagte Meta in das Schweigen hinein, das nun folgte.

Mechanisch wiederholte Gwendolin: „Ja, daher!"

„Wann hat man sie gefunden?" fragte Herr Rümkopf.

„Man hat es mir später erzählt. Ralf war ins Haus gestürmt und hatte immer nur geschrien: ‚Gwendi – Gwendi!' Niemand wußte mit dem Ruf etwas anzufangen. Man schickte jemand in meine Wohnung, um mich zu holen, traf mich natürlich nicht an. Erst nach und nach brachte man aus dem Kind heraus, was sich zugetragen hatte. Ralfs Mutter kam als erste auf den Gedanken, nach mir zu suchen. Sie fanden mich mit dem Oberkörper auf der Böschung liegend. Beide Beine hingen aber noch in dem eiskalten Wasser."

Frau Quandt hatte ihr Strickzeug unberührt im Schoß liegen.

Fräulein Ehlert liefen ein paar Tränen über die Wangen. Man sah einander an. Herr Rümkopf nickte schweigend. Nur Meta brach das Schweigen.

„Das kann Ihnen kein Baron und kein Kaiser gutmachen, Frau Donath. Wenn ich das Tinchen erzähle und sie meckert wieder, dann reg' ich mir aber uff!"

„Man hat Ihnen nicht helfen können?" fragte Herr Rümkopf.

„Ich bin überzeugt, daß man alles versucht hat. Wenn man die Beine amputiert hätte, was erwogen wurde, wäre ich kaum besser dran gewesen."

„Es ist also nicht zur Demarkation gekommen?"

„Was versteht man darunter?"

„Die deutliche Abzeichnung kranken Gewebes von gesundem. Merkwürdig, daß Ihnen das erspart geblieben ist. Da haben Sie bei allem Unglück noch Glück gehabt."

„Glück nennen Sie es, Herr Rümkopf? Ich nenne es Bewahrung."

„Bewahrung? Wieso?"

„Gottes Güte hat mich vor schlimmerem Leiden bewahrt."

Die zahlreichen Zuhörer zerstreuten sich im Park oder gingen ins Fernsehzimmer hinüber.

Herr Rümkopf erhob sich, verneigte sich tief und

ging ebenfalls ins Haus. Nur die drei Getreuen blieben bei Gwendolin auf der Terrasse.

„Frau Hellwich hat recht“, sagte Frau Heim. „Das kann Ihnen der Baron niemals vergelten. Ich meine, er hätte Sie bis an ihr Lebensende auf Haus Forst behalten müssen.“

„Ich wollte nicht dort bleiben. Sollte ich durch meine Gegenwart Tag für Tag und Jahr um Jahr an das Unglück erinnern? Nein, ich bin hier gut aufgehoben, und das ist das Verdienst des Barons. Ich danke Gott noch oft dafür, daß er mich im rechten Augenblick in den Park geschickt hat und so die Rettung des Kindes gelingen ließ.“

„Aber für einen hohen Preis“, sagte Fräulein Ehlert. „Glauben Sie wirklich, Gott hat es so gefügt, daß Sie gerade zur Stelle waren?“

„Für einen Glaubenden geschieht nichts von ungefähr. Ich möchte, wenn ich zurückblickend mein Leben überschaue, alles, was mir begegnet ist, wie Mosaiksteinchen betrachten, die sich zu einem Muster zusammenfügen. Ein paar Steine verschandeln das Muster. Das sind solche, die ich eigenwillig hineingearbeitet habe. Doch weiß ich, daß Gottes Gnade und Barmherzigkeit über diese verdorbenen Stellen hinwegsieht.“

„Gnade und Barmherzigheit – oh, Frau Donath, was Ihnen widerfahren ist, steht in krassem Gegensatz zu dem, was wir heute morgen in der Andacht gelesen und besprochen haben. Es wird mir schwer, in Ihrem Schicksal Jesu Liebe zu entdecken.“

„Darf ich Sie daran erinnern, Fräulein Ehlert, was wir erst vor ein paar Tagen besprochen haben? Es war im Anschluß an den Text Matthäus 8. Da sagte ein Schriftgelehrter zu Jesus, er wolle ihm nachfolgen. Was antwortet ihm der Herr? ‚Die Füchse haben Gruben, und die Vögel unter dem Himmel haben Nester; aber des Menschen Sohn hat nicht, wo er sein Haupt hinlege.' Sprachen wir nicht darüber, daß Nachfolge Jesu nicht heißt, wie es in einem Lied ausgedrückt wird: ‚Seliges Wandern auf himmlischen Höh'n'? Jesus hat seinen Jüngern keine goldenen Berge versprochen, auch keine Bewahrung vor irdischen Nöten. Wir stehen in ständigem Kampf mit dem Bösen, das aus dem eigenen Herzen kommt und von außen an uns herangetragen wird. Keiner ist gegen Leid und Not gefeit. Aber wir wissen auch, daß wir weder im Kampf gegen das Böse noch in den Stunden tiefsten Leides allein sind."

„Ach, ich habe noch so viel zu lernen!"

„Wunderbar, daß Sie dazu bereit sind. Sie wissen, mir ist nicht nur körperliches Leiden auferlegt. Dennoch kann ich bei aller Trauer, die tief in meinem Herzen ruht, dem Leben zugewandt und froh sein. Das mag wie ein Widerspruch klingen – Trauer und Frohsein. In unserem Herzen ist Raum für viele Empfindungen. Darum kann uns die Gewißheit froh machen, daß uns nichts von der Liebe Gottes zu trennen vermag, die in Jesus Christus ist."

„Deshalb auch sind Sie für alle hier eine so starke Stütze – trotz Ihrer schweren Behinderung", sagte Frau Quandt.

„Nehmen wir meine lahmen Beine nicht so wichtig. Gewiß, manchmal möchte ich flink davonlaufen können. Und es kommt auch der Gedanke, was werden soll, wenn ich noch älter und hinfälliger werde. Aber solange es noch der Kopf und die Hände tun, bin ich dankbar."

„Sie sind außerordentlich tapfer!"

„Bitte, nicht so große Worte, Frau Hensel. Sie wissen, wie gut es mir geht. Ich bin von Liebe umgeben. Ich habe alles, was ein alter Mensch braucht; mehr noch: Ich kann hier und da einen Dienst tun, für andere da sein. Es ist wirklich so, wie es in einem alten Vers heißt:

Wenn du Gott wolltest Dank für alles Gute sagen,
du hättest keine Zeit, noch über Last zu klagen."

Gwendolin hatte ihren Wagen gewendet. Frau Hensel half ihr über die Schwelle ins Haus.

Fräulein Ehlert und Frau Quandt sahen einander schweigend an.

„Kann man das fassen? Das geht über menschlichen Verstand hinaus", sagte Fräulein Ehlert nach einer Weile.

„Sie lebt aus der Kraft des Glaubens", antwortete Frau Quandt.

„Sie sind auch ein gläubiger Mensch. Würden Sie ein schweres Los so tapfer tragen und dabei fröhlich sein?"

„Ich glaube, Gott legt keinem mehr auf, als er tragen kann."

„Frau Donath hat eine große Kraft, das spürt man. Sie nimmt alles aus Gottes Hand, das seelische Leid und das körperliche Gebrechen. Und doch ..."

„... und doch ist sie glücklich!" sagte Frau Quandt leise.

Leseprobe
aus dem Buch der gleichen Verfasserin
„Geliebte alte Dame"

Sie waren viel zu früh am Flughafen und liefen planlos durch die Halle.

„Bahnhöfe und Flughäfen haben etwas Aufregendes an sich, findest du das nicht auch?" sagte Ella Wiegand zu ihrem Bruder Franz Schubert.

„Du unterliegst einer ganz persönlichen Vorstellung, Ella. Für Leute, die oft reisen, dürften deine Empfindungen kaum zutreffen."

„Du findest es wahrscheinlich komisch, wenn ich dir sage, daß mich allein die Stewardessen in ihren Uniformen und die Aufschriften an den Schaltern faszinieren: KLM – Swissair – SAS – Lufthansa, die sympathische Stimme der Ansagerin, alles erscheint mir wie ein Echo aus der weiten Welt. Weißt du, mit welcher Linie Mutter kommt?"

Franz wies auf die Ankunftstafel.

„Es muß die Lufthansa sein, die einzige Maschine, die direkt aus Mexiko kommt. Es stimmt auch mit der Uhrzeit überein, die Mutter in ihrem Telegramm angegeben hat. Wir hätten eine Tasse Kaffee trinken sollen, statt hier herumzustehen. Jetzt ist es allerdings zu spät dazu, die Maschine –"

Franz unterbrach sich und achtete auf die Durchsage aus dem Lautsprecher, die die Ankunft der Maschine aus Mexiko meldete.

„Ich habe vor Aufregung Herzklopfen", sagte Ella Wiegand.

„Das kann ich verstehen, mir geht es beinahe

ebenso. Es ist ja auch ein Ereignis, Mutter nach so vielen Jahren wiederzusehen."

„Mir drängt sich die Vorstellung auf, Mutter wird gleich auf einer Tragbahre gebracht. In ihrem Alter so ein weiter Flug! Wieviel Stunden ist sie wohl unterwegs gewesen?"

„Tragbahre, wie kommst du auf die Idee?"

„Sie schrieb, sie will in der Heimat begraben sein."

„Das ist, soviel ich weiß, ein halbes Jahr her."

„Eben. Ich fragte bei ihr an, ob sie krank sei oder sich so schwach fühle. Darauf hat sie nicht geantwortet. Und gestern nun plötzlich das Telegramm."

„Schau, da kommen schon die ersten Passagiere aus Mutters Maschine."

„Da ist sie. O Franz!"

Änne Mac Lean wurde keineswegs auf einer Tragbahre gebracht. Mit kleinen, forschen Schritten ging sie auf Sohn und Tochter zu.

„Mutter!"

Sie lagen sich in den Armen.

„Es ist nicht zu glauben!" Franz betrachtete die zierliche alte Dame. „Du kommst daher wie eine Sechzehnjährige!"

„Seit wann macht mein Sohn Komplimente? Laßt euch anschauen. Jünger geworden seid ihr auch nicht."

„Und du kaum älter in den fünfundzwanzig Jahren, die wir uns nicht gesehen haben. Den Flug hast du, wie ich sehe, gut überstanden."

„Warum sollte ich ihn nicht gut überstehen?"

Während Franz sich um das Gepäck kümmerte, blieb die alte Dame in der Halle stehen, atmete tief und sagte: „Wieder in der alten Heimat!"

Von der gleichen Verfasserin liegen vor:

Alle kümmern sich um Vater

240 Seiten, TB, Bestell-Nr. 13244

Das Haus, in dem Gustav Schulze ein Leben lang gewohnt hat, soll abgerissen werden. Wo findet er eine neue Bleibe? Sein Gottvertrauen wird auf eine harte Probe gestellt, bis Gottes Weg für ihn offenbar wird.

Am Ende bist du immer noch da

208 Seiten, TB, Bestell-Nr. 13120

Schatten der Vergangenheit lasten auf einer sonst guten Ehe und Familie. Befreiung und Freude kehren ein, als man nach der gütigen Hand Gottes fragt und merkt, daß Er immer noch da ist.

Eines Tages vielleicht

190 Seiten, TB, Bestell-Nr. 13046

Die bekannte Autorin erzählt aus dem Leben einer reifen Frau, deren vordergründige Wünsche nicht zu dem erhofften Ziel führen. Sie findet die Erfüllung ihres Lebens aber darin, daß sie dem Mann, den sie liebt, auf einzigartige und in selbstloser Weise zugetan bleiben kann.

Geliebte alte Dame

168 Seiten, TB, Bestell-Nr. 13078

Eine Familiengeschichte, in deren Wirrungen und unheilvollen Verflechtungen die »geliebte alte Dame«, die Urahne der Familie, eine wichtige seelsorgerische Rolle übernimmt. Als Christin der Tat hilft sie manche familiären Spannungen überwinden und hat immer wieder ein helfendes Wort.

Nicht mehr ... aber noch

150 Seiten, TB, Bestell-Nr. 13278

Ein älteres Ehepaar lernt es von Tag zu Tag mehr, dem Alter die schönen Seiten abzugewinnen. Wo die beiden aber an Grenzen stoßen, da vertrauen sie in besonderer Weise der durchtragenden Liebe Gottes – nach ihrem neuen Lebensmotto: »Nicht mehr ... aber noch«.

Silberdistel um Mitternacht

160 Seiten, TB, Bestell-Nr. 13 199

Von der Überwindung abergläubischer Vorstellungen und okkulter Bindungen zu einem Anfang mit Jesus Christus.

Du führst mich doch zum Ziele

240 Seiten, TB, Bestell-Nr. 13 187

Weil sie sich nicht zu einer Heirat zwingen lassen will, verläßt Anke Birkheider den väterlichen Heidehof. Nach 30 Jahren Großstadtleben kehrt sie – von Gott gefunden – ans Sterbelager des Vaters zurück . . .

Mutters letzter Tag

160 Seiten, Geschenkband, Bestell-Nr. 12 530

Die Mutter einer kinderreichen Familie liegt auf dem Sterbebett. Es spulen sich bei ihr Bilder der Vergangenheit ab: ihr Elternhaus, ihre Ehe, ihre Familie. Dasselbe widerfährt den Kindern bei der Beerdigung, und sie sehen sich gefragt, was vom Glauben der Eltern im eigenen Leben sichtbar geworden ist. Daß dabei Inhalte und Formen gelebten Christentums recht freimütig zur Sprache kommen, macht diese Erzählung zu einem besonders aktuellen Buch.

Ab heute hab' ich Zeit

224 Seiten, TB, Bestell-Nr. 13 059

Die in den Ruhestand getretene Lehrerin Nanette Bruckbeuer will viele Reisen in die weite Welt unternehmen. Doch fast immer kommt es anders. Verwandte erbitten ihre Hilfe, und so betreut Nanette Kinder und pflegt kranke und alte Menschen.

Eine Frau wie du

200 Seiten, TB, Bestell-Nr. 13 022

Liebe, Hochachtung und Dank empfängt Rena für ihren nicht leichten Weg, auf den sie sich von Gott gestellt weiß und den sie tapfer geht.

CHRISTLICHES VERLAGSHAUS GMBH STUTTGART